ŒUVRES COMPLÈTES

DE

E. T. A. HOFFMANN

XV

CONTES NOCTURNES

3.

PARIS.

Eugène Renduel,

1830.

ŒUVRES COMPLÈTES

DE

E.-T.-A. HOFFMANN.

Quatrième Livraison.

IMPRIMERIE DE A. BARBIER,

RUE DES MARAIS-S.-G., N. 17.

CONTES

NOCTURNES

DE

E.-T.-A. HOFFMANN.

3.

XV.

PARIS.

Eugène Renduel,

1830.

CONTES
NOCTURNES

DE E. T. A. HOFFMANN,

TRADUITS DE L'ALLEMAND

PAR M. LOÈVE-VEIMARS,

ET PRÉCÉDÉS

D'UNE NOTICE HISTORIQUE SUR HOFFMANN,

Par Walter Scott.

TOME XV.

PARIS.

EUGÈNE RENDUEL,
ÉDITEUR-LIBRAIRE

RUE DES GRANDS-AUGUSTINS, N° 22.

—

1830.

MAITRE

JEAN WACHT,

LE CHARPENTIER.

CONTES
NOCTURNES.

MAITRE JEAN WACHT

LE CHARPENTIER.

CHAPITRE PREMIER.

Vers la fin du siècle dernier, à l'é-
poque où les habitans de Bamberg vivaient sous la crosse, c'est-à-dire selon
le proverbe connu, qu'ils vivaient

heureux, se trouvait parmi la bour-
geoisie de cette belle et riante cité un
homme rare et distingué sous tous les
rapports.

Il se nommait Jean Wacht, et il
était charpentier de son métier.

La nature en pesant et en fixant les
destinées de ses enfans suit une voie
secrète, impénétrable; et ce que les
convenances, ce que, dans cette vie
étroite, les égards et les opinions do-
minantes prétendent établir, comme le
vrai but de l'existence, n'est à ses yeux
qu'un jeu d'enfans présomptueux qui
prennent leur sottise pour de la sagesse. La vue de l'homme est trop
limitée pour ne pas trouver souvent
une ironie funeste entre la conviction
de son esprit et les arrêts incompré-
hensibles d'une puissance mystérieuse.
Cette ironie le remplit d'horreur et
d'effroi, parce qu'elle menace sa propre existence.

Ce ne sont pas toujours les palais des grands ni les appartemens somptueux des princes que la mère de la vie choisit pour ses favoris. Elle voulut que notre Jean, qui pouvait passer pour un de ses enfans gâtés, reçût le jour sur un misérable grabat, dans l'atelier d'un pauvre tourneur d'Augsbourg. Sa mère mourut de chagrin et de misère aussitôt après la naissance de l'enfant et le mari la suivit de près au tombeau.

Le magistrat d'Augsbourg fut obligé de prendre soin du pauvre orphelin, pour qui les premières lueurs d'un heureux avenir commencèrent à poindre, lorsque le charpentier de la ville, homme bienfaisant et respectable, s'opposa à ce que le petit Jean, dont les traits, quoique défigurés par la faim, lui plaisaient, fût placé dans un établissement public, et le recueillit dans sa maison pour l'élever lui-même avec ses enfans.

Les traits de Jean se développèrent avec une rapidité incroyable, et l'on avait peine à croire que cet être, si chétif et si frêle au berceau, chrysalide sans forme et sans couleur, eût laissé échapper, comme un beau papillon, ce garçon si gracieux, si plein de vie, aux cheveux d'or bouclés. Mais outre les grâces extérieures, on remarqua bientôt en lui une supériorité d'esprit qui étonna son père adoptif et ses maîtres. Le charpentier de la ville, étant constamment chargé des entreprises les plus considérables, l'atelier dans lequel Jean fut élevé fournissait tout ce que le métier peut produire de plus grandiose. D'après cela, il n'est pas surprenant que l'enfant, qui saisissait tout avec vivacité, se sentît entraîné de toute son âme vers cette profession.

On conçoit combien cette inclination dut faire plaisir à son père adoptif; elle le détermina à lui enseigner lui-même la partie mécanique de sa pro-fession, en maître attentif et zélé, et de plus, lorsque Wacht fut devenu grand, il le fit instruire par les maîtres les plus habiles dans la théorie et la pratique la plus élevée du métier, dans le dessin, l'architecture, la mé-canique, etc.

A la mort du vieux charpentier, Jean n'avait que vingt-quatre ans, et son expérience dans toutes les parties de son état en faisait déjà un compagnon consommé, qui n'avait point son égal à vingt lieues à la ronde. Il commença à voyager, selon l'usage, de compagnie avec Engelbrecht, son camarade et son ami intime.

Vous en savez assez, cher lecteur, sur la jeunesse de notre brave Wacht,

et il ne me reste plus qu'à dire, en peu
de mots, comment il se fit qu'il s'éta-
blit à Bamberg et qu'il y devint maître.

CHAPITRE II.

Lorsque de retour après de longs voyages, Jean vint à passer par Bamberg, on y était précisément occupé de la réparation générale du palais de

l'évêque. A l'endroit où, du fond d'une
étroite ruelle, les murs de l'édifice s'é-
lèvent jusqu'aux nues, il fallait construire une charpente entièrement neuve
en énormes et lourdes solives. Il s'agis-
sait d'une machine, dont les forces,
concentrées dans le plus petit espace
possible, fussent suffisantes pour enlever ces pesantes masses. L'architecte
du prince-évêque, qui expliquait fort
savamment comment on s'y était pris
pour dresser la colonne Trajane à Rome,
et comment on y avait commis cent
fautes dont il ne se serait jamais rendu
coupable, avait fait construire une machine, espèce de grue d'assez belle apparence, que tout le monde vantait
comme un chef-d'œuvre de mécanique.
Mais lorsque les ouvriers voulurent la
mettre en mouvement, il se trouva que
monsieur l'architecte n'avait compté
que sur des Hercules et des Samsons;

les rouages rendirent un son affreux,
un cri lamentable et déchirant, et res-
tèrent immobiles; et les manœuvres, le
front en sueur, déclarèrent qu'ils aime-
raient mieux transporter des arbres de
Hollande au haut de l'escalier le plus
rapide, que de consumer ainsi leurs
forces en efforts inutiles.

Assis à quelques pas de là, Wacht et
Engelbrecht étaient témoins de ces
faits ou plutôt de ces méfaits, et il se
peut que l'ignorance de l'architecte ait
fait sourire le premier.

Un vieux compagnon aux cheveux
gris, reconnut la profession des étran-
gers à leur costume. Il les accoste sans
autres formalité, et dit, en s'adressant
à Wacht, qu'à en juger d'après son air
capable, il se connaissait sans doute
mieux en ces sortes de machines.

— Eh mais, répondit Wacht sans
hésiter, c'est toujours une prétention

hasardée que de se vouloir connaître en quoi que ce soit, et chaque fou croit tout mieux savoir que les autres, ce qui m'étonne, c'est que dans ce pays-ci vous ne connaissiez point le procédé si simple qui procure avec facilité les résultats pour lesquels monsieur l'architecte tourmente en vain ses gens.

La réponse hardie du jeune homme piqua vivement le vieux compagnon; il le quitta en grognant entre ses dents, et bientôt tout le monde sut qu'un jeune ouvrier étranger avait persiflé l'architecte ainsi que sa machine, et s'était vanté de connaître un mécanisme plus efficace. Cependant, comme il arrive d'ordinaire, personne n'y fit attention, et le digne architecte ainsi que l'honnête corporation des charpentiers se bornaient à dire que l'étranger n'avait pas sans doute mangé toute la science à lui seul, et qu'il ne lui appartenait pas de faire la leçon à de vieux maîtres expérimentés.

— Tu vois bien, dit Engelbrecht à son camarade, que tu viens d'irriter contre toi des gens que, par surcroît de malheur, nous devons aller voir comme étant du métier.

—Et, répliqua Jean les yeux étincelans, peut-on voir de sang froid des pauvres aides tourmentés outre mesure et sans nécessité ! Qui sait, d'ailleurs, quelles suites heureuses mon imprudence pourra bien avoir ?
— Il en fut réellement ainsi.

Un seul homme, doué d'un esprit supérieur, et au regard pénétrant duquel la moindre étincelle de talent ne pouvait échapper, jugea différemment les paroles du jeune homme, qui lui furent rapportées par l'architecte lui-même comme une jactance ridicule.

Cet homme était le prince-évêque,

Ayant fait venir ie jeune étranger
pour le questionner, il fut vivement frappé de son extérieur ét de
ses manières. Il faut que le lecteur
bienveillant apprenne ce qui occa-
siona l'étonnement de l'évêque, et il
est temps d'en dire davantage sur les
qualités physiques et morales de Jean
Wacht. C'était un jeune homme d'une
beauté remarquable, très-bien fait de
toute sa personne, et cependant ce ne
fut que lorsqu'il eut atteint l'âge viril
que ses traits nobles et sa taille ma-
jestueuse se développèrent entièrement. Les professeurs qui s'occupaient
d'esthétique nommaient Jean Wacht
une ancienne tête romaine, et un jeune
docteur qui, au fort de l'hiver le plus.
rigoureux, s'habillait de soie noire, et
qui venait de lire *Fiesque*, de Schiller,
prétendait que Jean Wacht était Verrina
en personne; mais ni la beauté ni les

grâces de la figure n'exercent ce charme
mystérieux par lequel certains hommes
distingués captivent au premier regard
quiconque les approche. On sent en
quelque sorte leur supériorité, mais
ce sentiment n'a rien d'importun,
comme on devrait le croire; au contraire, il fait naître en nous un bien-
être, un plaisir indicibles; cette har-
monie produit une grâce inimitable,
et donne au moindre mouvement une
aisance dans laquelle se révèle le véritable sentiment de la dignité humaine.
Il n'y a point de maître de danse ni de
gouverneur de pages qui puissent enseigner cette grâce que l'on pourrait
appeler à juste titre *le bon ton*, puisque c'est la nature elle-même qui im-
prime ce cachet de noblesse. Je dois
ajouter ici que maître Wacht, par sa
générosité, par une bonne foi et un
patriotisme inébranlables, acquit cha-

que année plus de popularité. Il possédait toutes les vertus, mais il nour-
rissait aussi tous les préjugés qui
forment d'ordinaire le côté faible
de pareils hommes. Le lecteur saura
bientôt en quoi consistaient ces préjugés.

Je crois avoir suffisamment expliqué
l'impression extraordinaire que la pré-
sence du jeune homme fit sur le prince-
évêque. Il regarda long-temps en silence le jeune et bel ouvrier avec une
satisfaction visible; ensuite il le ques-
tionna sur toute sa vie passée. Jean
répondit à tout avec franchise et modestie, et prouva enfin au prince, par
des raisons aussi claires que convain-
cantes, pourquoi la machine de l'architecte, fort bonne d'ailleurs peut-
être, pour obtenir d'autres résultats,
n'aurait jamais pu produire l'effet qu'on
s'en promettait.

A la demande du prince, si Wacht oserait prendre sur lui d'indiquer une machine plus propre à enlever ces grosses masses, celui-ci répondit que pour construire une telle machine, il lui fallait seulement un jour, avec l'assistance de son camarade Engelbrecht et de quelques manœuvres adroits et de bonne volonté.

On s'imagina facilement quelle fut la joie maligne de l'architecte et de ses gens ; ils pouvaient à peine attendre la matinée, où l'étranger présomptueux se ferait huer et chasser avec sa courte honte. Mais les choses se passèrent autrement que ces bonnes gens n'avaient pensé et peut-être espéré.

Trois crics, dont l'action était habilement combinée, conduits chacun par huit ouvriers, élevèrent les pesantes solives jusqu'à la hauteur du toît avec tant de facilité, qu'elles paraissaient danser

dans les airs. Dès ce moment, la réputation de l'habile et brave ouvrier se
trouva faite. Le prince le pria instam-
ment de rester à Bamberg et d'y ac-
quérir le droit de maîtrise, lui promettant toutes les facilités possibles.
Wacht hésita, quoiqu'il se plût beaucoup dans une ville si riante, où l'on
vit à si bon marché. Des constructions
considérables, auxquelles on travail-
lait dans ce moment, étaient un puis-
sant motif pour l'engager à rester; mais
ce qui l'y détermina entièrement, ce
fut une circonstance qui exerce bien
souvent une influence décisive dans la
vie.

Jean Wacht retrouva inopinément
à Bamberg une belle et vertueuse fille,
qu'il avait vue, quelques années auparavant, à Erlangen, et avec laquelle,
déjà à cette époque, il avait souvent
échangé de doux regards. En deux

mots, — Jean Wacht devint maître,
épousa la jeune fille d'Erlangen, et
par son habilité et son travail assidu,
se procura bientôt les moyens d'ache-
ter une jolie maison, située sur le
Kaulberg, avec une vaste cour donnant sur les montagnes.

CHAPITRE III.

Pour quel mortel l'étoile du bonheur brille-t-elle d'un éclat invariable !
Le ciel avait résolu de soumettre notre
brave Jean Wacht, à une épreuve, à

laquelle tout autre homme d'un esprit
moins ferme, eût peut-être succombé.
Le premier fruit de son mariage fut
un fils, un charmant jeune homme,
qui paraissait vouloir suivre les traces
de son père. Il avait dix-huit ans,
lorsqu'un violent incendie éclata du-
rant la nuit, non loin de la maison
de Wacht. Le père et le fils y couru-
rent par devoir d'état, pour chercher
à maîtriser le feu. Le fils grimpa hardiment sur les toîtsavec d'autres charpentiers, pour abattre autant que possible la charpente qui était toute en
flammes. Le père, qui était resté en
bas pour diriger, comme de coutume,
les travaux de démolition et les pom-
pes, ayant levé les yeux, reconnut
l'effroyable danger que couraient Jean
son fils et les ouvriers, et leur cria :
Descendez, descendez. — Il était trop
tard. — Le mur mitoyen s'écroula

avec un fracas épouvantable, et le fils
de Wacht fut écrasé au milieu des
flammes, qui poussaient comme en
triomphe, leurs tourbillons bruyans
vers les cieux.

Ce coup terrible ne fut pas le seul
qui devait frapper notre pauvre Jean
Wacht. Une imprudente servante se
précipita en poussant des cris lamentables dans la chambre où était cou-
chée la maîtresse de la maison, qui,
à peine rétablie d'une violente maladie
nerveuse, tremblait de frayeur à la vue
du feu dont le reflet rougeâtre se ré-
fléchissait sur le mur.

— Votre fils Jean a été écrasé : le
mur mitoyen l'a enseveli dans les
flammes avec ses camarades !

Ainsi criait la servante.

Comme soulevée par une force sou-
daine, la femme de Wacht s'élance
hors de son lit; au même instant elle

retomba en poussant un profond soupir.

Une apoplexie nerveuse l'avait frappée; elle était morte.

— Voyons maintenant, se dirent les bourgeois de Damberg, comment maître Wacht supportera son malheur. Assez souvent il nous a prêché que l'homme ne doit pas se laisser abattre, même par les plus grandes pertes; mais qu'il doit toujours tenir la tête haute, et opposer à son malheur la force que le créateur lui a donnée. Voyons maintenant quel exemple il nous donnera.

Wacht ne parut point dans l'atelier, mais on fut surpris d'y voir régner la même activité qu'au paravant, de sorte qu'il n'y eut pas la moindre interruption dans les travaux. Les ouvrages, qui avaient été commencés, furent achevés comme si nul malheur ne fût arrivé au maître.

Wacht, avec un courage iné-branlable, d'un pas ferme, portant sur son visage calme et sérieux toute la consolation, tout l'espoir que lui donnait la foi, avait accompagné au tombeau les restes de sa femme et de son fils. — Engelbrecht, dit-il, il est nécessaire maintenant que je reste seul avec ma douleur qui menace de me briser le cœur; je veux me familiariser avec elle. Je me retire dans ma chambre pour huit jours: toi, frère, toi mon actif et zélé maître ouvrier, tu sais ce qu'il y a à faire pendant ce temps.

En effet, pendant huit jours, maître Wacht ne quitta pas sa chambre. La servante remportait souvent les mets sans qu'il y eût touché, et l'on enten-dait souvent du vestibule cette douce plainte qui pénétrait l'âme : — O ma femme ! O mon Jean !

Un grand nombre de ses amis était d'avis qu'il fallait l'arracher à la solitude, où le chagrin, auquel il s'abandonnait sans cesse, finirait par l'accabler. Mais Engelbrecht leur répliqua : — Laissez-le faire, vous ne connaissez pas mon Jean. Si le ciel lui a envoyé cette dure épreuve, il lui a aussi donné la force de la surmonter et toute consolation ne pourrait que lui faire mal. Au reste, je sais fort bien de quelle manière il parviendra à se vaincre.

Engelbrecht prononça ces dernières paroles d'un air presque rusé, sans expliquer ce qu'il voulait dire. Il fallut donc s'en contenter, et laisser le malheureux Wacht en repos.

Huit jours s'étaient écoulés. Le neuvième, un beau jour d'été, à cinq

heures du matin, maître Wacht parut
tout-à-coup dans la cour, au milieu
des compagnons qui étaient en plein
travail. Les haches, les scies s'incliné-
rent dans leurs mains, et ils s'écriè-
rent: — Maître Wacht, notre bon maître Wacht !

Il s'avança au milieu d'eux avec un
visage serein, où les traces de l'affliction vaincue donnaient à l'expression
de la bonté le caractère le plus touchant,
et leur annonça que le ciel en sa miséricorde lui avait envoyé l'esprit de grâce
et de consolation, qu'il avait repris sa
force et qu'il allait se remettre à ses travaux avec fermeté et courage. Puis il
se dirigea vers le bâtiment situé au
milieu de la cour servant de dépôt
pour les outils et où l'on tenait regis-
tre des ouvrages à faire.

Engelbrecht, les compagnons, les

apprentis, le suivirent en cortège. En entrant, il s'arrêta comme pétrifié.

Dans les décombres de la maison incendiée, on avait retrouvé la hache du pauvre Jean, reconnaissable à des marques certaines, et dont le manche était à moitié brûlé. Ses camarades l'avaient suspendue au mur, en face de la porte ; à l'entour ils avaient peint avec un art assez grossier une guirlande de roses et de cyprès. Au dessous de la guirlande était marqué le nom de leur cher camarade, ainsi que l'année de sa naissance, et la date de la malheureuse nuit où il avait péri.

— Pauvre Jean ! s'écria maître Wacht, en voyant ce monument, et un torrent de larmes s'échappa de ses yeux ; pauvre Jean, c'est pour le bien de tes semblables que tu levas cet instrument pour la dernière fois : maintenant tu reposes dans la tombe, et tu

ne travailleras plus à mes côtés, et tu
ne m'aideras plus dans mes fatigues.

Ensuite maître Wacht fit le tour
des ouvriers, serrant avec cordialité la
main de chaque compagnon, de chaque apprenti et dit : — Pensez à lui !
Alors tous retournèrent à leur beso-
gne, excepté Engelbrecht que Wacht
pria de rester avec lui.

— Vois, mon vieux camarade, lui
dit Wacht, quelle voie miraculeuse la
puissance éternelle a choisie pour me
faire surmonter ma grande affliction.
Dans le jour où le chagrin d'avoir
perdu ma femme et mon fils d'une
manière si cruelle faillit m'accabler,
Dieu m'inspira l'idée d'une machine de
la construction la plus ingénieuse et
la plus artistement combinée, qui
depuis long-temps était l'objet de mes
réflexions, sans que j'eusse pu la trouver jusque là. Regarde !

Et maître Wacht déroula le dessin auquel il avait travaillé pendant ses derniers jours de douleur. Engelbrecht ne fut pas moins frappé de la hardiesse et de l'originalité de l'invention, que de l'extrême netteté de l'exécution. Le mécanisme était si ingénieux, si compliqué qu'Engelbrecht, malgré sa grande expérience, ne put d'abord le comprendre ; sa joie et son étonnement éclatèrent avec d'autant plus de vivacité, lorsque Wacht, lui ayant expliqué jusqu'aux moindres détails, il fut convaincu que l'exécution ne pourrait manquer de réussir.

CHAPITRE IV.

La famille de Wacht n'était plus composée que de deux filles, mais elle devait bientôt être augmentée.

Quelque laborieux, quelque habile

que fût Engelbrecht, il n'avait pu réussir à s'élever à cette aisance qui dès long-temps avait couronné les entreprises de Wacht. Le plus funeste ennemi de la vie, contre lequel toutes les forces humaines sont impuissantes, s'était déchaîné contre lui pour le perdre, et le perdit en effet : c'était l'infirmité du corps. Il mourut, et laissa sa femme et deux enfans dans un état voisin de la misère. La femme retourna dans son pays, et maître Wacht eût volontiers pris les deux fils, mais cela ne pouvait se faire ainsi que pour l'aîné, Sébastien. C'était un garçon vigoureux et intelligent, plein de goût pour le métier de son père, et qui promettait de devenir un fort bon charpentier. Wacht espérait que la raideur intraitable de son caractère qui paraissait quelquefois dégénérer en méchanceté, ainsi que son humeur un

peu rude, qui devenait souvent de la
violence , céderaient à une éducation
conduite avec prudence. Le frère cadet, Jonathan , était en tout contraire
à l'aîné : c'était un joli petit enfant
d'une complexion faible ; la douceur
et la bonté se peignaient dans ses yeux
bleus , et comme il montrait un esprit éminent et un goût décidé pour
les sciences , le sensible docteur en
droit, Théophile Eichheimer , le premier et le plus ancien avocat de la
ville, l'avait pris dans sa maison , du
vivant de son père , pour l'initier à
la science du droit.

C'est ici que se manifesta un de
ces invincibles préjugés de Wach t
dont il a déja été question plus haut.
Wacht portait en lui l'entière conviction que tout ce que l'on entendait
par jurisprudence n'était qu'une doctrine artificieuse, d'invention humaine,

qui ne servait qu'à embrouiller les
vrais principes du droit qui sont gra-
vés dans le cœur de tout homme vertueux. S'il ne pouvait condamner
intérieurement l'institution des tribunaux, il avait rejeté toute sa haine sur
les avocats qu'il regardait tous, sinon
comme de misérables trompeurs ,
du moins comme des hommes méprisa-
bles, qui faisaient un honteux trafic de
ce qu'il y a de plus saint et de plus
vénérable au monde. On verra que
Wacht, d'ailleurs fort sensé, et qui avait
des vues si justes sur toute chose , ressemblait en ce point à la plus grossière
populace. Si, d'un autre côté , il n'a-
cordait aucune pitié , aucune vertu
aux partisans de l'église catholique ,
s'il se méfiait de tout catholique , on
pouvait le lui pardonner plus facilement, vu qu'il s'était nourri à Augsbourg des principes d'un protestan-

tisme fanatique. On conçoit combien son cœur dut être navré lorsqu'il vit le fils de son plus fidèle ami entrer dans une carrière qu'il détestait si profondément.

Toutefois la volonté du défunt lui était sacrée, d'ailleurs Jonathan était trop faible pour qu'on pût l'élever pour un métier qui eût exigé les moindres forces corporelles; et lorsque le vieux Théophile Eichheimer, dans ses entretiens avec le maître, faisait l'éloge de la piété et de l'intelligence du petit Jonathan, maître Wacht oubliait pour un moment l'avocat, la jurisprudence et ses préjugés. Il avait fondé tout son espoir sur ce que Jonathan, qui portait dans son cœur toutes les vertus du père, quitterait une telle profession dès qu'il serait parvenu à l'âge de maturité, et en état de sentir tout ce qu'elle a d'infâme.

Si Jonathan était un jeune homme
paisible, studieux, livré à l'étude, Sébastien se laissait aller sans contrainte
à la fougueuse pétulance de son natu-
rel. Mais comme il montrait dans le
métier toute l'habileté de son père,
et qu'on n'avait jamais eu à le repren-
dre ni sur son application, ni sur la
netteté de son travail, Wacht attri-
buait ses espiégleries, par fois un peu
trop fortes, à l'emportement d'une
jeunesse bouillante et impétueuse, et
il les lui pardonnait, espérant, comme
il le disait, que, dans ses voyages, Sébastien userait ses cornes.

Sébastien commença de bonne heure
à voyager, et maître Wacht n'en reçut
plus de nouvelles jusqu'au moment où,
devenu majeur, il lui réclama de Vienne
son petit héritage paternel. Maître
Wacht le lui fit remettre jusqu'au dernier denier, et il en reçut un acquit

qui lui fut expédié par les tribunaux autrichiens.

La même différence de caractère, qui distinguait les frères Engelbrecht, se manifestait chez les deux filles de Wacht, dont l'aînée se nommait Rettel et la cadette Nanni.

Il est à propos de remarquer que, selon l'opinion généralement répandue à Bamberg, le prénom de Nanni est le plus beau et le plus gracieux qu'une jeune fille puisse porter. Si donc, cher lecteur, vous demandez à une jolie enfant, à Bamberg : — Comment vous appelez-vous, mon ange? La belle baissera les yeux toute confuse, tirera légèrement avec sa main son tablier de soie noire, et rougissant un peu, vous répondra à voix basse avec une grâce charmante : — Eh mais, Nanni, monsieur !

Rettel, la fille aînée de Wacht, était

petite, rondelette, haute en couleurs,
avec de petits yeux noirs toujours
rians. Quant à son instruction et à
toute sa manière d'être, elle ne s'était
pas élevée au-dessus de sa condition.
Elle jasait avec les commères, aimait
beaucoup la toilette, s'habillait avec
plus de recherche et de luxe que de
goût, mais son véritable élément,
l'objet de toutes ses pensées et de
toute son activité, c'était la cuisine.
Aucune cuisinière, pas même la plus
expérimentée, ne savait donner un
goût aussi exquis au civet de lièvre,
aux abattis d'oie. Elle exerçait un em-
pire illimité sur les gelées; sa main
habile accommodait en perfection les
légumes, tels que les choux de Savoie,
les choux verts, un tact délicat et in-
faillible ne la laissant pas un moment
indécise sur le plus ou le moins de
graisse; et ses gaufres défiaient les

productions les plus parfaites des plus luxurieuses hermès.

Le père Wacht était fort satisfait du talent culinaire de sa fille, et alla jusqu'à dire un jour, qu'il était impossible que le prince-évêque eût sur sa table des macaronis au jambon plus succulens. La bonne Rettel en éprouva une joie si vive au fond du cœur, qu'elle fut sur le point d'envoyer au prince-évêque un énorme plat de ces macaronis, et cela un jour maigre. Heureusement maître Wacht éventa la mine à temps, et empêcha, en riant de bon cœur, l'exécution d'un si hardi projet.

La grosse petite Rettel était, non-seulement une fort bonne ménagère, une cuisinière accomplie, mais en même temps la bonté, la fidélité et la piété filiale même. Wacht la chérissait tendrement.

Toutefois des esprits tels que Wacht

ont, malgré leur gravité, une certaine
malice ironique, qui s'exerce en maintes
circonstances.

Il était impossible que Rettel n'exci-
tât pas, par sa manière d'être, la caus-
ticité de son père, de sorte que ses
rapports avec sa fille prenaient souvent
une couleur assez bizarre. Je n'en ci-
terai qu'un seul exemple. Dans la maison de maître Wacht se présenta un
jeune homme d'humeur fort paisible,
joli garçon, qui avait un emploi dans
la chambre des finances du prince-évêque, et qui vivait fort à son aise. Selon
la loyale coutume allemande, il s'a-
dressa au père pour lui demander la
main de sa fille aînée, et maître Wacht
ne put faire autrement que de lui ac-
corder l'entrée de sa maison, afin qu'il
lui fût loisible de gagner l'affection de
sa fille. Celle-ci, instruite des vues de
ce jeune homme, le regarda avec les

yeux les plus rians du monde, dans lesquels on lisait distinctement:—Cher époux, que ne puis-je déjà cuire nos gâteaux de noce !

Maître Wacht n'éprouvait pas la même inclination pour l'employé de l'évêque.

Dabord, et cela s'entend, il était catholique; puis, quand Wacht le connut mieux, il crut remarquer en lui quelque chose de réservé, de cauteleux, qui annonçait un esprit préoccupé, et il eût volontiers éloigné de sa maison un amant si peu de son goût. Maître Wacht observait avec beaucoup de sagacité, et savait tirer parti de ses observations avec adresse et intelligence. C'est ainsi qu'il avait remarqué que M. Kastner faisait peu de cas des mets bien assaisonnés, mais qu'il faisait honneur à tous les plats sans montrer le moindre goût. Un di-

manche, M. Kastner dînait comme à
l'ordinaire chez maître Wacht; celui-
ci se mit à vanter et à priser avec af-
fectation chaque mets que l'active
Rettel faisait servir, et engagea non-
seulement Kastner à faire chorus avec
lui, mais lui demanda son avis sur tel
ou tel plat en particulier. Kastner as-
sura séchement qu'il était un homme
fort sobre et fort modéré, accoutumé
dès son enfance à une extrême fruga-
lité; qu'à dîner, une cuillerée de soupe
lui suffisait avec une tranche de bœuf;
qu'à son soupé, il se contentait d'une
petite portion d'œufs brouillés et d'une
goutte d'eau-de-vie; qu'au reste, à six
heures du soir, un verre de bière,
qu'il prenait autant que possible en
plein air, au sein de la belle nature,
était tout son régal. On peut se figurer quels regards la petite Rettel lança
au malheureux Kastner, mais ce ne

fut pas tout. On servit des *dampf-*
noudle à la bavaroise, qui avaient parfaitement levé, et qui faisaient l'orne-
ment de la table, le frugal Kastner
prit son couteau et coupa la *dampf-*
noudle qu'il avait eu pour sa part,
en plusieurs morceaux avec la plus
froide indifférence. A cette vue, Rettel sortit précipitamment en jetant des
cris lamentables.

Le lecteur qui ne connaît pas la manière dont il faut manger cette espèce
de pâtisserie, saura qu'on doit la rom-
pre avec la main, parce que si on la
coupe, elle perd tout son goût et com-
promet l'honneur de la cuisinière.

Depuis ce moment Rettel regarda
le frugal Kastner comme un homme
affreux. Maître Wacht se garda bien
de la contredire, et le terrible icono-
claste culinaire perdit pour jamais sa
fiancée.

Si les diverses nuances du portrait
de la petite Rettel ont presque coûté
trop de paroles, quelques traits suffi-
ront au bienveillant lecteur pour se
représenter le visage, la figure, le
maintien, enfin l'image complète de
la gracieuse Nanni.

Dans l'Allemagne méridionale, surtout en Franconie, et presqu'exclusi-
vement dans la classe bourgeoise, on
trouve des tailles si élégantes, si
sveltes, des figures d'ange, si pieuses
et si ravissantes, avec une expression
de si douce langueur, des yeux si
bleus, un sourire si céleste sur des
lèvres de rose, que l'on s'aperçoit fa-
facilement, que les anciens peintres
n'avaient pas besoin de chercher bien
loin les originaux de leurs madones.
Tels étaient les traits, la taille de la
vierge d'Erlangen, lorsque maître
Wacht l'épousa; et Nanni était son
portrait fidèle.

Une modestie pudique, une douceur exquise, un tact sûr et fin,
avaient été l'apanage de sa mère.
Nanni moins grave et moins réservée,
était en revanche la grâce même; et
le seul reproche qu'on pouvait lui
faire, c'était une sensibilité, qui dé-
générait facilement en une sensiblerie
larmoyante, et qui la rendait trop impressionnable.

Maître Wacht ne pouvait regarder
la chère enfant sans émotion, et l'aimait d'une manière d'ordinaire peu
commune aux âmes fortes.

Il se peut qu'il eût gâté, des les premières années, ce cœur trop sensible,
et qu'il eût ainsi puissamment contri-
bué à éveiller et à nourrir cette facilité
à s'émouvoir qui lui était propre.

Nanni aimait à se mettre simplement, mais elle s'habillait d'étoffes très-
fines, et suivait des modes qui dépas-

saient de beaucoup la sphère de sa
condition. Wacht la laissait faire, parce
que, ainsi vêtue, l'aimable enfant était
ravissante de grâce et de beauté.

Ici je dois me hâter d'effacer une
image, qui pourrait se présenter au
lecteur qui s'est trouvé à Bamberg il y
a longues années, et qui se rappelle
la coiffure affreuse et sans goût, qui
défigurait alors les plus jolis visages.
Elle consistait en un bonnet uni, adhé-
rent à la tête, qui ne laissait pas paraître la moindre petite boucle, et un
ruban noir, pas trop large, qui col-
lait exactement au front, et qui allait se joindre par derrière au bas de
la nuque, en un nœud fort grossier.
Par la suite, le ruban devint plus large,
au point d'atteindre à la largeur dé-
mesurée de près d'une aune et demie,
de sorte qu'il fallait le commander
exprès dans les fabriques et qu'avec la

doublure de carton il s'élevait dans les airs comme la pomme d'un clocher. Le nœud, qui par sa largeur, dépassant de beaucoup les épaules, ressemblait aux ailes déployées d'un aigle, était attaché précisément au-dessus de la fossette de la nuque. Sur les tempes et près des oreilles serpentaient de petites boucles, et cependant parmi les Bambergeoises il y avait plus d'une belle à qui ce costume bizarre allait assez bien.

C'était un aspect des plus pittoresques que de voir passer un convoi funèbre, au moment où il se mettait en marche. C'est l'usage à Bamberg de faire inviter les bourgeois au convoi d'un défunt, par la femme des morts, comme on la nomme, qui, d'une voix glapissante crie cette invitation dans la rue devant la maison de chacun : — monsieur ou madame N., vous prie de lui rendre les derniers honneurs; les commères et les jeunes filles, qui ont assez rarement occasion de prendre l'air, ne manquent pas d'accourir en foule, et de former un cortège qui ressemble à une armée entière de noirs corbeaux et d'aigles prêts à prendre la bruyante volée.

Maître Wacht, quelque contrarié qu'il fût de ce que Jonathan devait appartenir à un état qui lui était odieux, ne le lui fit point sentir, ni dans son enfance, ni plus tard dans sa jeunesse. Au contraire, il voyait avec plaisir que le pieux et paisible Jonathan vînt tous les soirs chez lui, après avoir terminé le travail de la journée, pour passer la veillée avec ses deux filles et la vieille Barbara. D'ailleurs Jonathan avait la plus belle écriture du monde, et maître Wacht qui aimait beaucoup

une belle main, éprouva une vive
satisfaction, lorsque sa Nanni, dont
Jonathan s'était établi de son plein gré
le professeur d'écriture, commença
peu à peu à tracer les caractères avec
la même élégance que son maître.

Le soir, maître Wacht était occupé
dans son cabinet; quelquefois il allait
à la brasserie, où il trouvait ses collè-
gues, ainsi que les membres du con-
seil, et où il égayait à sa manière la
société par ses saillies spirituelles. Pendant ce temps la vieille Barbara faisait
bourdonner son rouet, Rettel achevait
les comptes du ménage, ou réfléchis-
sait sur l'assaisonnement de mets nouveaux, ou bien racontait avec de
grands éclats de rire, à la vieille Barbara, ce que les commères lui avaient
confié pendant la journée. Et notre
jeune homme?

— Il était assis à une table près de

Nanni, qui écrivait ou dessinait sous sa direction. Mais écrire ou dessiner pendant toute une soirée est une chose fort ennuyeuse: il arrivait donc souvent que Jonathan tirât de sa poche un livre fort proprement relié, et d'une voix douce et mélodieuse, il faisait une lecture à la sentimentale Nanni.

Par le moyen du vieux Eicheimer, Jonathan avait obtenu les bonnes grâces du jeune docteur, qui nommait Wacht son vrai Verrina. Le comte de Koesel était un bel esprit, qui dévorait nuit et jour les ouvrages de Goëthe et de Schiller qui commençaient à s'élever à l'horizon littéraire, comme des météores lumineux dont l'éclat effaçait tout. Il croyait avec raison découvrir une tendance pareille dans le jeune clerc de son avocat, et trouvait un plaisir particulier non-seulement à lui prêter ces ouvrages , mais aussi à les lire en commun avec lui.

Mais ce qui acheva de concilier à Jonathan l'affection du comte , c'est qu'il trouvait excellens les vers que le comte fabriquait à la sueur de son front. Au reste, la culture de Jonathan gagna réellement par sa liaison avec le comte un peu trop exalté sans doute, mais qui ne manquait pas d'esprit.

Le lecteur sait maintenant quels étaient les livres que Jonathan tirait de sa poche, et lisait avec la belle Nanni; et il peut juger par lui-même quelle vive impression cette espèce d'ouvrage devait faire sur une jeune fille organisée comme Nanni.

Comme les larmes de Nanni coulaient, lorsque l'aimable clerc commençait d'une voix triste et solennelle: — Étoile de la nuit, etc.

L'expérience a prouvé souvent que

des jeunes gens, qui chantent ensemble de tendres duos, se mettent facilement à la place des personnages, et qu'ils regardent ces duos comme le texte et la mélodie de la vie: de même que le jeune homme qui lit un roman passionné à une jeune fille, devient aisément le héros du poème, tandis que la jeune fille prend peu à peu dans ses rêveries le rôle de son amante.

Chez des cœurs qui sympathisaient aussi vivement ensemble que Jonathan et Nanni, il n'eût pas même été besoin de pareilles émotions, pour en venir à s'aimer.

Ces deux enfans étaient un seul cœur et une seule âme. Le jeune homme et la jeune vierge étaient déjà unis par l'amour le plus pur, et Wacht ne se doutait nullement de cette liaison de sa fille : mais il devait bientôt en être instruit.

CHAPITRE V.

Par une application infatigable, et
par un vrai talent, Jonathan avait fait
en peu de temps de si rapides progrès,
qu'on pouvait regarder ses études en
droit comme achevées, et qu'on le

jugea suffisamment instruit pour le
faire passer avocat.

Un dimanche il voulut surprendre
maître Wacht par la nouvelle de cet
avancement, qui lui assurait une position dans le monde. Mais quel fut
son effroi lorsque Wacht lui lança un
regard irrité, tel qu'il n'en avait jamais
vu jaillir de ses yeux.

— Quoi! s'écria Wacht, d'une voix
qui fit retentir l'appartement, misérable vaurien, la nature t'a refusé les
forces du corps, mais elle t'a richement
orné des dons les plus précieux de
l'esprit, et tu veux en abuser comme
un traître et un méchant, d'une manière infâme, et tourner ainsi le couteau contre ta propre mère? Tu veux
trafiquer du droit comme d'une vile
marchandise, sur la place publique, et
le peser à faux poids au pauvre paysan,
au citoyen opprimé, qui s'est en vain

lamenté devant le fauteuil d'un juge
impassible, et prendre pour salaire le
denier ensanglanté que le pauvre te
présentera baigné de ses larmes?

Tu veux remplir ton cerveau de
fausses doctrines, œuvres mensongères
des hommes, faire de la ruse un
métier, et t'engraisser par la fraude?
Toute vertu a-t-elle donc abandonné
ton cœur?

Ton père—tu t'appelles Engelbrecht.
Non, quand je t'entends nommer ainsi,
je ne veux pas croire que c'est le nom
de mon camarade Engelbrecht, qui
était la vertu et la droiture même; je
veux me figurer que c'est satan, qui
par un prestige infernal prononce ton
nom de dessus son tombeau, et fascine
les hommes au point de faire passer
un vil apprenti de la chicane pour le
fils du brave charpentier Godfréed Engelbrecht.—Sors d'ici!—tu n'es plus

mon fils adoptif! — tu es un serpent
que j'arrache de mon sein. — Je te
chasse!

Nanni se jeta aux genoux de maître
Wacht, en poussant des cris douloureux et déchirans.

— Mon père, s'écria-t-elle en proie
au plus affreux désespoir, mon père,
si vous le chassez vous me chasserez
aussi, moi votre fille chérie; il est à
moi, c'est mon Jonathan, je ne puis
vivre sans lui dans le monde!

La pauvre fille tomba évanouie, et
sa tête frappa la muraille; des gouttes
de sang rougirent son front pur et
blanc. Barbara et Rettel accoururent et
la portèrent sur un sopha. Jonathan
était resté stupéfait, comme frappé par
la foudre, et incapable du plus léger
mouvement.

Il serait difficile de décrire l'émotion
qui se révélait sur la figure de Wacht.

Au lieu d'un rouge enflammé, une pâ-
leur mortelle couvrait ses traits : seulement dans ses yeux hagards luisait
encore un feu sombre, la sueur froide
de la mort paraissait inonder son front.
Pendant quelque temps il regarda fixe-
ment et en silence devant lui; enfin sa
poitrine oppressée se soulagea, et il dit
d'un ton de voix singulier : — C'était
donc cela! Puis il marcha à pas lents
vers la porte, où il s'arrêta, et se retournant à moitié, il cria aux femmes:
— N'épargnez point l'eau de Cologne, et
toutes ces simagrées auront bientôt
cessé.

Peu de temps après, on vit le maître
sortir précipitamment de la maison et
s'acheminer vers les montagnes.

On peut se figurer dans quelle profonde affliction la famille fut plongée.
Rettel et Barbara ne pouvaient concevoir ce qui s'était passé de si épouvan-

table, et leur inquiétude et leur effroi furent au comble lorsque le maître ne rentra pas pour le souper, ce qu'il n'avait encore jamais fait, et qu'il resta dehors jusque fort avant dans la nuit.

Alors on l'entendit venir, ouvrir la porte de la maison, la fermer avec bruit, monter à grands pas l'escalier, et s'enfermer dans sa chambre.

CHAPITRE VI.

Lₐ pauvre Nanni reprit bientôt
l'usage de ses sens, et laissa couler ses
larmes en silence, mais Jonathan fit
éclater son désespoir en violentes ex-
plosions, et parla plusieurs fois de se

brûler la cervelle. Fort heureusement
les pistolets ne sont point une partie
indispensable du mobilier d'un jeune
avocat sentimental, ou, s'ils s'y trou-
vent, il y manque ordinairement la
platine ou toute autre pièce.

Après que Jonathan eut couru au
hasard dans quelques rues, comme un
homme éperdu, ses pas le conduisirent
comme par instinct vers son noble patron, auquel il peignit sa peine inouïe au
milieu des éclats de la plus farouche
douleur. Il n'est pas besoin d'ajouter
que le jeune avocat amoureux était,
à en croire son désespoir, le premier
et le seul homme sur la terre à qui
chose si monstrueuse fût arrivée; aussi
accusait-il le destin et toutes les puis-
sances ennemies de ne s'être conjurés
que contre lui.

Le juge l'écouta tranquillement, et
avec un certain intérêt.

— Mon cher et jeune ami, lui dit-il
en prenant l'avocat avec amitié par la
main, et le conduisant vers un fauteuil; mon cher et jeune ami, jusqu'à
présent j'ai toujours regardé le maître
charpentier Wacht comme un grand
homme dans son genre, mais je vois
aujourd'hui que c'est en même temps
un grand fou. Les fous font comme les
chevaux rétifs, on a de la peine à les
faire tourner; mais une fois qu'on y est
parvenu, ils trottent gaîment dans le
chemin battu. La scène fâcheuse d'aujourd'hui, malgré la colère insensée du
vieillard, ne doit point vous faire re-
noncer à la main de Nanni.

Mais avant de nous entretenir plus
au long de votre délicieuse et roma-
nesque intrigue, prenons ici un petit
déjeuner. Vous en avez été pour votre
dîner chez le vieux Wacht, et moi, je
ne dîne qu'à quatre heures au séehof*.

* Château de plaisance aux environs de Bamberg Tr.

Sur la petite table où le juge et l'avocat étaient assis, on servit un déjeuner
fort appétissant. Du jambon de Baïonne,
garni d'oignons du Portugal, une per-
drix rouge, des truffes au vin rouge,
un pâté de foie d'oies de Strasbourg, et
du beurre aussi jaune et aussi luisant
que le muguet. Avec cela perlait, dans
une belle carafe de cristal, un généreux
vin de Champagne de l'espèce non
mousseuse. Le juge, qui n'avait point
quitté sa serviette au moment où il
reçut le jeune avocat, servit, après que
le valet de chambre eut promptement
apporté un deuxième couvert, les
plus beaux morceaux à l'amant désespéré, et celui-ci ne se laissa pas faire
faute. Quelqu'un a eu l'insolence de
prétendre que l'estomac était au pair
avec tout le reste de l'organisation phy-
sique et psychique de l'homme. C'est
une assertion impie, abominable; mais

ce qu'il y a de certain, c'est que l'estomac, en tyran despotique ou en mys-
tificateur ironique, sait souvent faire
triompher sa volonté.

C'est ce qui arriva dans cette occasion.

Car, machinalement et sans y penser,
l'avocat eut avalé en quelques minutes
une tranche énorme de jambon, exercé
de terribles ravages dans la garniture
portugaise, fait main-basse sur une per-
drix, et dévoré plus de truffes et plus
de pâté de foie d'oies qu'il ne sied à un
avocat rempli de douleur. De plus, le
juge et l'avocat trouvèrent le Champagne tellement à leur goût, que le valet
de chambre fut obligé de remplir une
seconde fois la carafe de cristal.

L'avocat sentit une chaleur bienfaisante pénétrer dans tout son intérieur,
et son désespoir ne le saisissait plus
qu'avec des élancemens extraordinai-

res, assez semblables aux secousses
électriques, douloureuses et agréables
en même temps. Il fut accessible aux
consolations de son patron, qui, après
avoir savouré lentement la dernière
goutte de son vin, se crut en position
de le faire, et commença ainsi :

— D'abord, mon cher et bon ami,
vous ne devez pas être assez sot pour
croire que vous êtes le seul homme
sur la terre à qui un père refuse la main
de sa belle. Au reste, ceci ne fait rien du
tout à l'affaire, comme je vous l'ai déjà
dit. La raison pour laquelle le vieux fou
vous hait est si insensée qu'elle ne sau-
rait durer, et que cela vous paraisse
absurde ou non, je puis à peine supporter l'idée que tout cela finira tout
prosaïquement, et que l'on ne dira autre chose de toute cette aventure, sinon que Pierre a demandé la main de

Marguerite, et que Pierre et Marguerite sont devenus mari et femme.

La situation est d'ailleurs neuve et superbe, puisque la haine contre l'état que le cher fils adoptif a embrassé est l'unique levier que puisse mettre en mouvement l'élément tragique et choisi de l'action; mais venons à l'essentiel. Vous êtes poète, mon ami, et ceci change tout; votre amour, vos souffrances doivent vous apparaître comme un morceau poétique dans tout l'état de la sainte poésie. Vous entendez les accords que la muse descendue vers vous, fait jaillir de sa lyre, et dans un divin enthousiasme vous recueillerez ses paroles ailées qui peignent votre amour et vos souffrances. Comme poète vous êtes dans ce moment l'homme le plus heureux de la terre, puisque vous êtes blessé réellement dans le plus intime de votre être, et que le sang de votre cœur coule à flots; vous n'avez donc pas besoin d'excitans artificiels pour vous mettre en verve, et faites-y bien attention, ces temps d'affliction vous feront produire de grandes et de magnifiques choses.

Je dois vous faire remarquer que dans ces premiers momens un sentiment singulier et très-désagréable se mêlera aux douleurs de votre amour, sentiment qui ne se laisse point encadrer dans la poésie, mais qui s'évanouira bientôt; et afin que vous me compreniez, je vous donnerai un exemple. Un malheureux amant a été roué de coups par un père courroucé, et mis à la porte. Si la maman offensée enferme la fillette dans sa chambre et met la maison sous les armes pour repousser l'assaut de l'amant désespéré, si même les poings les plus plébéiens

ne respectent point le drap le plus fin
(ici le juge se mit à soupirer légèrement), il faut que cette prose fer-
mentée d'une misérable trivialité se
soit d'abord évaporée, pour que la douleur poétique se dépose librement dans
toute sa pureté. On vous a vertement
tancé, mon cher et jeune ami, c'était
la prose amère qu'il fallait vaincre ;
vous l'avez vaincue, livrez-vous maintenant tout entier à la poésie.

Voici les sonnets de Pétrarque, les
élégies d'Ovide, prenez, lisez, faites
des vers, récitez-moi ceux que vous
aurez faits ; et en attendant, ajouta - t-
il en le poussant par les épaules, cou-
rez à la forêt, comme il convient à un
amant.

CHAPITRE VII.

Iʟ serait fort ennuyeux de peindre
tout au long, ce que firent Nanni et
Jonathan dans leur affliction; cela se
trouve dans tout mauvais roman, et il
est parfois très-plaisant de voir les gri-

maces que fait un malheureux auteur pour paraître neuf.

Mais ce qui me paraît fort important c'est de suivre Wacht dans la marche de ses idées.

Il doit paraître très-digne de remarque qu'un homme d'une âme forte et puissante telle que celle de maître Wacht qui supportait avec un courage inébranlable et une inflexible fermeté ce qui lui arrivait de plus affreux , et ce qui eût anéanti des cœurs moins fermes, se trouvât entièrement hors de lui par un accident que tout autre père de famille eût regardé comme un évènement ordinaire et facile à surmonter.

Wacht avait appris à connaître le cœur féminin d'un côté simple mais sublime; sa propre femme l'avait mis à même de jeter un regard sur la nature véritable de son sexe , comme dans un lac aussi clair qu'une glace. Il connais-

sait le courage héroïque de la femme.
La sienne, orpheline, avait perdu la
succession d'une tante immensément
riche, l'amour de tous ses parens; elle
avait résisté avec un courage inébranlable aux cruelles tentatives des prê-
tres, qui remplirent sa vie de tour-
mens et d'amertumes, lorsque après
avoir été élevée dans la religion catholique, elle épousa Wacht qui était pro-
testant, et que, par suite d'une ardente
conviction, elle eut peu de temps après
adopté elle-même cette croyance. Toutes
ces pensées se présentaient à l'esprit de
Wacht, et il versa des larmes brûlantes
lorsqu'il se rappela avec quelle émotion
il avait conduit la vierge à l'autel.
Nanni était en tout sa mère; Wacht aimait cette enfant avec une ardeur à laquelle rien ne pouvait être comparé,
et cela était plus que suffisant pour lui
faire rejeter comme abominable toute

mesure qui eût la moindre apparence
de la violence. Si d'un autre côté il
repassait toute la vie de Jonathan, il
était forcé de s'avouer que toutes les
vertus d'un jeune homme pieux, ap-
pliqué, modeste, ne pouvaient pas aisément se trouver réunies avec autant
de bonheur qu'en celui-ci, dont la figure belle et expressive, avec des traits
peut-être un peu trop délicats, presque féminins, dont le corps petit e
faible, mais bien pris, annonçaient une
âme tendre et spirituelle; si de plus il
songeait que les deux enfans avaient
toujours été ensemble, qu'il existat
une sympathie manifeste entre leurs
caractères, il ne pouvait concevoir,
comment il n'avait pas pu prévoir ce
qui était arrivé, pour prendre à temps
les mesures nécessaires;—mais il était
trop tard.

Il marchait au milieu des mon-

tagnes poussé par une agitation violente, et telle qu'il n'en avait jamais
éprouvée; il ne pouvait parvenir à maîtriser son trouble et encore moins à
prendre une résolution. Déjà le soleil
commençait à baisser, lorsqu'il arriva
au village de Buch : il entra à l'hôtelle-
rie, et se fit servir quelques mets avec
une bouteille d'excellente bière de
roche.

— Eh, bon soir! Quelle singulière
apparition, maître Wacht au joli
village de Buch, par une si belle soirée de dimanche? En vérité, j'en croyais
à peine mes yeux. Probablement la
chère famille est à la campagne?

C'est ainsi que maître Wacht fut
apostrophé par une voix glapissante et
piaillarde. Ce n'était nul autre que
M. Picard Leberfinck, vernisseur et
doreur de sa profession, qui interrom-

pait ainsi maître Wacht dans ses mé-
ditations.

L'extérieur bizarre de Leberfinck
frappait au premier aspect; il était
petit, trapu, son corps était un peu
trop long, et ses petites jambes ar-
quées; une assez jolie figure, bonne et
ronde, avec de petites joues vermeilles,
et des yeux gris, mais assez vifs et pé-
tillans. Les jours ordinaires, il était,
selon l'ancienne mode française,
frisé et poudré; mais le dimanche, son
accoutrement était remarquable sous
tous les rapports. Il portait un habit
de soie rayé de lilas et de jaune, avec
d'énormes boutons en filigranes d'argent, une veste brodée en diverses
couleurs, des culottes de satin vert
cerise, des bas de soie à raies blanches
et bleues très-minces, des souliers
noirs vernissés et luisans, sur lesquels
brillaient de grandes boucles de stras.

Si l'on joint à cet extérieur la démarche élégante d'un maître à danser, la souplesse du chat, une merveilleuse prestesse de jambes qui le faisait sauter par-dessus un ruisseau, en battant un entrechat, on conviendra que le petit vernisseur était une créature à part. Le lecteur le connaîtra bientôt mieux.

Maître Wacht ne fut pas absolument fâché d'être interrompu dans ses douloureuses réflexions.

Le vernisseur et doreur, Picard Leberfinck, était un grand fat, mais en même temps l'ami le plus fidèle et le plus probe du monde, ayant les sentimens les plus généreux, libéral envers les pauvres, et officieux envers ses amis; il ne faisait son métier qu'en amateur, car il avait de l'aisance.

Il était riche même, son père lui avait laissé une belle terre avec une superbe cave dans les rochers, qui n'était séparée des possessions de Wacht que par un grand jardin.

Maître Wacht aimait assez cet original, à cause de sa probité, et parce qu'il était membre de la petite communauté protestante à laquelle on permettait l'exercice de son culte. Leberfinck accepta avec un empressement remarquable la proposition de Wacht, de s'asseoir à côté de lui, et de boire une autre bouteille de bière. Leberfinck lui dit que, depuis long-temps, il avait voulu aller voir maître Wacht dans sa maison, qu'il avait à lui parler de deux choses, dont l'une lui pesait fortement sur le cœur. Wacht lui répliqua que Leberfinck le connaissait suffisamment pour savoir qu'on pourrait lui parler franchement de quoi que ce fût. Leberfinck confia donc à maître Wacht que le négociant en vins avait offert de lui vendre son beau jardin

avec le pavillon qui séparait les possessions de Wacht et de Leberfinck; qu'il
croyait se rappeler que Wacht avait
manifesté un jour combien la possession du jardin lui serait agréable; que
s'il se présentait dans ce moment l'occasion de satisfaire ce désir, lui, Leberfinck, s'offrait à terminer l'affaire.

En effet, depuis long-temps Wacht
avait souhaité d'étendre ses domaines
en y joignant un beau jardin, surtout
parce que les beaux bosquets et les
arbres odorans qui s'élevaient dans ce
jardin avec tout l'éclat d'une végéta-
tion vigoureuse, avaient constamment
été admiré par Nanni. Dans ce moment
il lui sembla de plus que c'était par
une faveur spéciale du sort, que précisément dans un temps où Nanni était
si profondément affligée, il s'offrait une
occasion de la surprendre agréablement.

Le maître régla sur-le-champ les points les plus essentiels avec l'officieux vernisseur, qui lui promit que dès le dimanche suivant il pourrait se promener dans le jardin comme dans sa propriété.

— Maintenant, s'écria maître Wacht, maintenant, ami Leberfinck, déchargez votre cœur du poids qui l'oppresse.

Leberfinck se prit à soupirer de la manière la plus lamentable, à faire les grimaces les plus singulières, à baragouiner des phrases incohérentes et dont il était assez malaisé de deviner le sens ; toutefois maître Wacht comprit sa pensée, et lui secoua la main en disant : — Cela pourra se faire !

Tout cet épisode avec Leberfinck avait fait du bien à maître Wacht. Il crut même être parvenu à prendre une résolution par laquelle il voulait combattre et même vaincre le plus grand,

le plus terrible malheur , qui l'eût
encore frappé ; ce qu'il fit peut seul
nous apprendre l'arrêt qu'il porta. Qu'il
me soit permis de faire ici une courte
remarque , qui ne pourrait peut-être
pas trouver sa place plus tard.

La vieille Barbara s'était glissée auprès de maître Wacht , et avait accusé
le couple amoureux de lire ensemble
des livres mondains. Le maître se fit
remettre quelques - uns des livres de
Nanni , c'était un ouvrage de Goëthe :
malheureusement , on ignore lequel.
Après l'avoir feuilleté, il le remit à la
vieille , pour le replacer à l'endroit où
elle l'avait pris furtivement. Jamais il
ne lui échappa une seule parole au sujet
des lectures de Nanni : une seule fois,
l'occasion s'étant présentée, il dit à table : — Un esprit extraordinaire s'élève
au milieu de nous autres Allemands;
que Dieu le fasse prospérer ! Mes années

sont passées , ce n'est plus de mon âge,
ni de mon état ; mais toi, Jonathan, je
t'envie beaucoup de choses qu'appré-
cieront les temps futurs !

Jonathan comprit les paroles mystérieuses de Wacht d'autant plus clai-
rement que, peu de jours auparavant,
il avait découvert par hasard sur le
bureau de Wacht, *Goetz de Berlichin-
gen* caché à moitié parmi différens papiers. La grande âme de Wacht avait
reconnu toute l'étendue de ce génie
extraordinaire.

Le jour suivant, la pauvre Nanni laissait tomber sa petite tête comme une
colombe malade. — Qu'a ma chère enfant , dit maître Wacht de son ton af-
fectueux, qui lui était propre, et par
lequel il savait entraîner tous les cœurs.
— Qu'a ma chère enfant , est-elle malade ? Je ne veux pas le croire ! Tu ne
viens pas assez souvent au grand air ;

depuis long-temps je désire que tu
m'apportes mon goûter à l'atelier. Viens
aujourd'hui : nous avons à espérer
une belle soirée. N'est-ce pas, Nanni,
ma chère, tu le feras. Tu m'apprête-
ras toi-même les tartines de beurre, je
les trouverai meilleures.. Puis maître
Wacht prit sa chère enfant dans ses
bras, écarta de la main les boucles bru-
nes de son front, l'embrassa, la serra
sur son cœur, la caressa, enfin il
exerça tout le pouvoir des manières
affectueuses qu'il avait à sa disposition,
et dont il connaissait très-bien le charme irrésistible.

Un torrent de larmes s'échappa des
yeux de Nanni, et ce ne fut qu'avec
peine qu'elle balbutia ces paroles :
— Mon père, mon père ! — Allons,
allons, dit Wacht, (il était facile de remarquer quelque altération dans le ton
de sa voix), tout peut encore s'arranger.

Huit jours s'étaient écoulés. On pense bien que pendant ce temps Jonathan ne s'était pas montré, et que le maître n'avait pas dit un mot sur son compte. Le dimanche, la soupe fumait déjà et toute la famille étant prête à se mettre à table, maître Wacht demanda d'un air serein — où reste donc notre Jonathan? Rettel dit tout bas pour ménager la pauvre Nanni. — Mon père, ne savez-vous donc pas ce qui est arrivé ? Jonathan ne doit-il pas craindre de paraître à vos yeux ?

— Voyez le sot, dit Wacht d'un ton rieur, que Christian coure tout de suite le chercher. On peut bien penser que le jeune avocat ne manqua pas de se présenter aussitôt, mais dans les premiers momens de son arrivée, un nuage orageux semblait planer sur tous; néanmoins les manières aisées, l'air content de Nanni, ainsi que l'origi-

nalité de Leberfinck parvinrent à ra-
mener une certaine gaîté qui entretint
la société en bonne humeur.

— Prenons un peu l'air, dit maître
Wacht après le dîner, allons à mon
atelier.

M. Picard Leberfinck s'attacha à dessein à la petite Rettel qui était de la
meilleure humeur du monde ; le ga-
lant vernisseur s'épuisa en éloges, et
avoua que de sa vie il n'avait fait une
chère plus délicate, pas même chez
messieurs les Bénédictins de Bauz. Maître Wacht, un gros paquet de clefs à
la main, marchait en avant, et traversait
à grands pas la cour de l'atelier. Le
jeune avocat se trouva tout naturelle-
ment dans le voisinage de Nanni. Des
soupirs furtifs, des plaintes d'amour
exhalées à voix basse, ce fut tout ce
que les amans osèrent.

Maître Wacht s'arrêta devant une

porte nouvellement construite, que l'on avait pratiquée dans le mur qui séparait l'atelier de Wacht du jardin du négociant.

Il ouvrit la porte et entra, en priant la famille de le suivre. Tous, excepté M. Picard Leberfinck qui ne cessait de ricaner, ne savaient trop que penser de cette invitation. Au milieu du jardin était un pavillon très-spacieux; maître Wacht l'ouvrit aussi, y entra, s'arrêta au milieu du salon d'où l'on découvrait de chaque fenêtre un autre site romantique.

— Je me trouve ici dans ma propriété, dit maître Wacht, d'un ton qui annonçait la joie dont son cœur était pénétré; ce beau jardin est à moi, j'ai voulu qu'il fût à moi, non pas pour accroître mon domaine, non pas pour augmenter la richesse de mes possessions, non, mais parce que je sais

qu'une certaine petite personne sou-
haitait ardemment ces arbres, ces
bocages, ces parterres parfumés.

Nanni se jeta dans les bras du vieillard, en s'écriant : — O mon père, mon
père, tu déchires mon cœur par ta douceur, par ta bonté, aie pitié de moi.

— Silence, silence, dit Wacht en
interompant la malheureuse enfant,
tout peut encore s'arranger d'une manière miraculeuse ; dans ce petit para-
dis on peut trouver beaucoup de consolation.

— Oh oui, oh oui, s'écria Nanni
comme inspirée, ô vous, arbres, bocages, fleurs et vous montagnes loin-
taines, belles et fugitives nuées du
soir, toute mon âme respire en vous ; je
me retrouve moi-même, lorsque votre
aimable vue me console.

Nanni s'élança dans le jardin en bondissant comme une jeune biche, et le

jeune avocat, qu'aucune puissance humaine n'eût retenu en ce moment, la suivit en toute hâte. M. Picard Leberfinck demanda la permission de faire un tour dans la nouvelle propriété de Wacht avec la petite Rettel. Pendant ce temps, le maître fit apporter de la bière et du tabac de Hollande sous les arbres, près du penchant de la montagne, d'où ses regards plongeaient dans la vallée, et d'un air gai et satisfait, il soufflait dans les airs des bouffées de nuages bleuâtres. Le lecteur s'étonnera sans doute de la disposition d'âme où était maître Wacht, et il ne sait sans doute s'expliquer comment il n'était point parvenu à prendre une résolution; mais il avait acquis la conviction intime que la puissance éternelle ne pourrait jamais lui faire éprouver l'effroyable malheur de voir sa chère enfant unie à un avocat, espèce d'homme qui lui semblait tenir du diable.

— Il arrivera, se disait-il, il arrivera
nécessairement quelque évènement qui
rompra cette funeste liaison, ou qui
arrachera Jonathan à l'enfer; et ce serait témérité, et une tentative crimi-
nelle et pernicieuse que d'essayer d'arrêter d'une main impuissante la roue
du destin.

On aurait peine à croire quelles misérables, quelles sottes raisons l'homme
se forge quelquefois pour se persuader
qu'il est possible de détourner un malheur qui le menace. C'est ainsi qu'il y
avait des momens où Wacht comptait
que l'arrivée du brutal Sébastien, qu'il
se figurait comme un jeune homme vigoureux, dans toute la fleur de la jeunesse, au moment d'atteindre à l'âge
viril, produirait un changement dans
l'état actuel des choses. Il lui vint à
l'esprit une idée très-répandue, quoique souvent fausse, qu'une virilité for-

tement prononcée imposait trop à une
femme pour ne point finir par la vaincre. Lorsque le soleil commença à
baisser, M. Picard Leberfinck invita
toute la famille à prendre une petite
collation dans son jardin, qui était
contigu à celui de Wacht.

Le jardin du noble vernisseur et doreur formait le plus étrange et le plus
risible contraste avec la nouvelle propriété de Wacht. Il était si petit qu'on
ne pouvait guère en priser que la hauteur; on l'avait aligné à la manière hol-
landaise, et les arbres et les haies étaient
soigneusement tenues sous le joug pé-
dantesque des ciseaux. Les troncs bleu
de ciel, roses et jaunes des arbres frui-
tiers très-élancés qui se trouvaient au
milieu des parterres, faisaient un merveilleux effet. Leberfinck les avait vernissés, et avait ainsi embelli la nature,
mais il y eut encore bien d'autres sur-

prises. Leberfinck pria ces demoiselles
de se composer un bouquet, mais à
mesure qu'elles cueillaient les fleurs,
elles remarquèrent, à leur grand étonnement, que les tiges et les feuilles
étaient dorées. Ce qui était de plus très-
remarquable, c'est que toutes les feuilles
qui tombèrent entre les mains de Rettel avaient la forme d'un cœur.

La collation dont Leberfinck régala
ses hôtes consistait en gâteaux exquis,
en sucreries fines, avec du vieux vin
du Rhin et du Muscat délicieux. Rettel
était tout extasiée des pâtisseries, et
prétendait qu'il était impossible que les
sucreries, en partie magnifiquement
dorées et argentées, eussent été fabri-
quées à Bamberg. M. Picard Leberfinck
lui confia alors en souriant d'un air satisfait qu'il s'entendait lui-même un
peu en pâtisserie et en confitures, et
qu'il était l'heureux auteur de toutes

ces douceurs. Peu s'en fallut que Rettel, saisie d'étonnement et de respect,
ne tombât à ses pieds; et cependant la
plus grande surprise lui était encore
réservée.

Dans l'obscurité du soir, M. Picard
Leberfinck sut fort adroitement attirer
Rettel au petit berceau. A peine fut-il
seul avec elle, que, sans égard pour
ses culottes de satin, qu'il avait mises
ce jour-là, il tomba lourdement sur ses
genoux au milieu de l'herbe humide,
et avec de bizarres et inintelligibles la-
mentations, assez semblables aux élégies nocturnes du chat Hinz, il lui présenta un énorme bouquet, au milieu
duquel éclatait tout épanouie la plus
belle rose que l'on pût voir.

Rettel fit ce que chacun fait quand
il reçoit un bouquet, elle le porta à
son nez; mais dans le même moment,
elle ressentit une piqûre assez vive. El-

frayée, elle voulut le jeter loin d'elle.

Quel aimable prodige s'était opéré pendant ce temps! Un gentil amour, bien vernissé, s'était élancé du calice de la rose, et de ses deux mains offrait un joli cœur enflammé; à sa bouche était suspendue une petite bande de papier, sur laquelle se trouvaient ces mots en français: «Voilà le cœur de monsieur Picard Leberfinck que je vous offre. »

— O doux Jésus, s'écria Rettel tout effrayée, ô doux Jésus! que faites-vous, mon cher monsieur Leberfinck, ne vous mettez donc pas à genoux devant moi comme devant une princesse. Vos belles culottes de satin seront tachées dans l'herbe humide, et vous, vous aurez un rhume de cerveau, contre lequel une infusion de sureau avec du sucre candi blanc est un bon remède.

—Non, dit l'impétueux amant, non, ô Marguerite! Picard Leberfinck, qui vous adore, ne se lèvera pas de dessus cette verdure humide avant que vous ne lui ayez promis d'être à lui.

— Vous voulez m'épouser, lui dit Rettel, eh bien, levez-vous hardiment. Parlez à mon père, mon cher petit M. Leberfinck, et surtout prenez ce soir quelques tasses d'infusion de sureau.

Mais pourquoi fatiguer plus longtemps le lecteur des propos de ces deux êtres si bien faits l'un pour l'autre. Ils furent fiancés; et le père Wacht en éprouva en lui-même une joie pleine de malice.

Les fiançailles de Rettel causèrent quelque mouvement dans la maison; le couple amoureux, lui-même moins observé, y gagna plus de liberté; mais il se préparait un événement extraordinaire, qui devait troubler la douce tranquillité dans laquelle ils vivaient.

Tout-à-coup le jeune avocat parut singulièrement distrait, et préoccupé d'une affaire qui s'était entièrement emparée de son esprit. Il commença même à visiter plus rarement la maison de Wacht, et surtout à ne plus venir le soir, où il ne manquait jamais auparavant.

— Qu'est-il donc arrivé à notre Jonathan? Il est tout distrait, est il devenu tout autre qu'il n'était.

C'est ainsi que parla maître Wacht, quoiqu'il connût fort bien la raison, ou plutôt l'événement, qui avait une influence si visible sur le jeune avocat.

CHAPITRE VIII.

IL y avait quelques mois qu'une jeune
dame inconnue était arrivée à Bamberg. Elle logeait à l'Agneau Blanc;
son domestique (blanchi par l'âge) et

une vieille femme de chambre compo-
saient toute sa suite.

Les opinions étant partagées à cet
égard. Les uns prétendaient que c'était
une noble comtesse de Hongrie, immensément riche, que des dissentions
domestiques forçaient à se retirer pour
le moment à Bamberg; d'autres au
contraire en faisaient tout simplement
une *Didone abandonnata*; selon d'autres, enfin, c'était une cantatrice sans
emploi, qui probablement n'avait pas
de lettres de recommandation pour le
prince évêque. La plupart des Bambergeois s'accordaient pour regarder
l'étrangère, qui, au dire de ceux qui
l'avaient vue, était d'ailleurs d'une
beauté remarquable, comme une personne fort équivoque. Or, on avait remarqué que le vieux serviteur de l'é-
trangère s'était glissé sur les traces de
l'avocat, jusqu'à ce qu'il l'eut enfin ar-

rêté un jour près de la fontaine du marché, ornée d'une statue de Neptune, que les bons Bambergeois appellent communément l'homme à la fourche. Il eut une conversation fort longue avec lui. Des gens curieux qui ne peuvent rencontrer personne sans demander avec vivacité : «Où a-t-il été, où va-t-il, que fait-il?» étaient parvenus à découvrir, que très-souvent, le jeune avocat se glissait pendant la nuit chez la belle inconnue, et qu'il passait plusieurs heures avec elle : ce fut bientôt un bruit général dans la ville, que le jeune avocat s'était laissé prendre dans les filets de la jeune aventurière.

Il dut répugner au caractère de Wacht de se servir de cet égarement apparent du jeune avocat comme d'une arme contre la pauvre Nanni. Il abandonna à dame Barbe et à toute sa séquelle de commères le soin de l'instruire des moindres détails avec des circonstances exagérées. Mais ce qui acheva de confirmer les soupçons c'est qu'un jour le jeune avocat partit à l'improviste avec la dame, sans que personne sût où ils étaient allés.

— Voilà où mène la légèreté, c'en est fait de la clientelle du jeune avocat, dirent les gens sensés. Mais ce n'était point le cas; car, au grand étonnement de tout le monde, le vieux Eicheimer soigna les affaires de son fils adoptif avec la dernière exactitude, et parut approuver ses relations mystérieuses avec la dame étrangère.

Maître Wacht garda le silence sur toute cette affaire, et quand parfois Nanni, ne pouvant plus cacher sa douleur, s'écriait d'une voix plaintive et étouffée par ses larmes : —Pourquoi Jonathan nous a-t-il abandonnés? Maître Wacht disait d'un ton de dédain : —Les

avocats n'en font pas d'autres : qui sait
quelle intrigue lucrative et avanta-
geuse pour lui il a trouvée avec l'étrangère?

Mais alors M. Picard Leberfinck
avait coutume de prendre le parti de
Jonathan, et d'assurer que pour lui
il était persuadé que l'étrangère était
tout au moins une princesse, qui, dans
une affaire très-délicate, avait eu recours au jeune avocat, déjà renommé
en tous lieux. En même temps il dé-
bitait un si grand nombre d'histoires
sur les avocats, qui par une singulière
sagacité, par une pénétration et une
habileté extraordinaires, avaient dé-
brouillé les cartes les plus compli-
quées, mis au grand jour les choses
les plus secrètes, que maître Wacht le
priait au nom du ciel de se taire, tandis que Nanni se délectait en son âme
de tout ce Leberfinck avançait, et
conservait de nouvelles espérances.

A la douleur de Nanni se mêlait quelque peu de dépit, dans les instans où il ne lui paraissait pas tout-à-fait impossible que Jonathan pût lui devenir infidèle, car il n'avait pas cherché à se disculper et il avait gardé un silence obstiné sur son aventure.

Quelques mois s'étaient écoulés lorsque le jeune avocat revint à Bamberg, et les regards que lui lança Nanni durent faire présumer, à maître Wacht, que Jonathan s'était pleinement justifié. C'est ici le lieu de faire connaître ce qui s'était passé entre la dame étrangère et le jeune avocat.

CHAPITRE IX.

Le comte hongrois Z., en possession
de plus d'un million, avait épousé par
pure inclination une pauvre demoi-
selle, qui s'attira ainsi la haine de la
famille du comte, car outre sa nais-

sance obscure, elle ne possédait d'autres trésors que sa vertu, et qu'une beauté, une grâce célestes.

Le comte avait promis à sa femme que par son testament il l'instituerait héritière de toute sa fortune.

Un jour que des affaires diplomatiques l'avaient appelé de Paris à Pétersbourg, et qu'il venait de retourner à Vienne où elle résidait, il lui raconta que, dans une petite ville, dont le nom lui avait échappé, il avait été attaqué d'une maladie grave, et qu'il avait profité des premiers momens de sa convalescence pour faire un testament en sa faveur et le remettre aux tribunaux; mais à quelques lieues plus loin il avait été saisi d'une nouvelle et plus forte attaque de cette maladie maligne, et le nom du lieu, du tribunal et de celui chez lequel il avait resté, s'était entièrement effacé de sa mémoire. Il

avait aussi perdu le certificat qui lui
avait été remis de la part des tribunaux sur la déposition du testament.
Comme il arrive quelquefois, le comte
différa de jour en jour de faire un nouveau testament, jusqu'à ce que la mort
le surprit. Ses parens ne manquèrent
pas de réclamer toute la succession, de
sorte que la pauvre comtesse ne con-
serva de tout cet immense héritage
que quelques cadeaux précieux que le
comte lui avait faits et que les parens
ne pouvaient lui enlever. Plusieurs noti-
ces sur cette affaire se trouvaient parmi
les papiers du comte; mais ces noti-
ces qui indiquaient qu'il existait un
testament, ne pouvant suppléer au
testament même, ne furent d'aucune
utilité pour la comtesse.

La comtesse avait consulté plusieurs jurisconsultes sur cette malheureuse affaire, jusqu'à ce qu'elle vint

enfin à Bamberg, où elle eut recours
au vieux Eicheimer; celui-ci l'adressa
au jeune Engelbrecht; qui moins occupé, doué d'une singulière perspica-
cité et plein de zèle, pourrait peut-
être découvrir les traces du malheureux
testament, ou établir quelque autre
preuve ingénieuse pour en démontrer
l'existence réelle.

Le jeune avocat commença par re-
quérir, de la part de l'autorité compé-
tente, une nouvelle et exacte recherche parmi les papiers du comte laissés
au château. Il s'y rendit lui-même avec
la comtesse, et sous les yeux des ma-
gistrats se trouva dans une armoire de
noyer, à laquelle on n'avait pas fait attention jusqu'alors, un vieux porte-
feuille, qui à la vérité ne contenait pas
le reçu des tribunaux, mais un papier,
qui devait être de la plus grande im-
portance pour le jeune avocat.

Ce papier renfermait l'exacte description jusqu'au moindre détail des
circonstances dans lesquelles le comte
avait testé en faveur de son épouse, et
du lieu où il avait remis le testament
aux tribunaux. Son voyage diplomati-
que de Paris à Pétersbourg avait amené
le comte à Kœnigsberg en Prusse, où
il avait trouvé par hasard quelques
gentilshommes de la Prusse orientale,
qu'il avait autrefois rencontrés en Italie.
Malgré la hâte avec laquelle le comte
voyageait, il s'était laissé entraîner à
faire une petite excursion dans la
Prusse orientale, parce que cette con-
trée abonde en gibier, et que le comte
était un chasseur passionné. Il indi-
quait les villes de Wehlau, Allenbourg,
Friedland, où il avait été. Il s'était pro-
posé de partir immédiatement pour la
frontière de la Russie, sans retourner
à Kœnigsberg.

Mais dans un bourg, dont le comte dépeignait l'extérieur comme très-misérable, il fut attaqué subitement de la maladie nerveuse, qui pendant plusieurs jours le priva de l'usage de tous ses sens. Heureusement il se trouva dans cette ville un jeune et habile médecin, qui opposa au mal une résistance si vigoureuse, que non-seulement le comte revint à lui, mais qu'il fut en état de continuer son voyage. Cependant c'était une pénible pensée pour lui, que l'idée qu'une seconde attaque pourrait le tuer en route et plonger son épouse dans la plus profonde misère. A son grand étonnement il apprit du médecin que le bourg, malgré son peu d'étendue et son aspect misérable, était néanmoins le siége d'une cour de justice, et qu'il pouvait y déposer son testament, avec toutes les formalités, dès qu'il serait

parvenu à prouver l'identité de sa personne, mais c'était là le point difficile,
car, qui connaissait le comte dans le
pays? Le hasard voulut qu'au moment
ou le comte descendit de voiture dans
la petite ville, il se trouva sous la porte
de l'auberge un vieil invalide d'environ
quatre-vingts ans, qui demeurait dans
un village voisin, gagnait sa vie à tres-
ser des paniers, et qui ne venait que
rarement à la ville. Dans sa jeunesse, il
avait servi dans l'armée autrichienne,
et avait été pendant quinze ans palefre-
nier chez le père du comte. Au premier aspect, il se rappela le fils de son
maître, et lui et sa femme devinrent
les témoins de l'identité du comte. Le
jeune avocat s'occupa aussitôt de découvrir les traces de l'endroit où le
comte était tombé malade.

Il se rendit avec la comtesse dans
la Prusse orientale, pour y décou-

vrir, s'il était possible, en examinant
les registres des postes, la route que
le comte avait suivie. Après beaucoup
de peines inutiles il apprit seulement
que le comte avait pris des chevaux
de poste à Eylau pour aller à Allenbourg. Au-delà d'Allenbourg on perdit ses traces, cependant il était hors
de doute que le comte avait pris par
la Lithuanie prussienne pour se rendre en Russie, et la chose était d'autant plus certaine qu'à Tilsitt on avait
enregistré l'arrivée et le départ du
comte. A partir de Tilsitt on perdit de nouveau ses traces; toutefois il
sembla au jeune avocat que c'était sur
la petite pente d'Allenbourg à Tilsitt
qu'il fallait chercher la solution de l'é-
nigme.

Tout chagrin et plein de soucis, il
arriva par une soirée pluvieuse avec la
comtesse dans la petite ville d'Inster-

bourg. Là il fut saisi d'un singulier
pressentiment en entrant dans les misérables chambres de l'auberge; il lui
sembla qu'elles lui étaient aussi con-
nues que s'il était déjà venu en ce lieu
ou qu'on le lui eût dépeint dans le plus
grand détail. La comtesse se retira dans
sa chambre à coucher, et le jeune avocat ne put dormir tant l'inquiétude l'a-
gitait. Lorsque le soleil du matin
éclaira sa chambre, ses regards tombèrent sur une tapisserie placée dans
un coin de la chambre, il s'aperçut
que la couleur bleue, dont la chambre
était badigeonnée, s'était détachée sur
une grande étendue où l'on avait bar-
bouillé toutes sortes de figures hideu-
ses, en guise d'arabesques dans le goût
des tatouages de la Nouvelle-Zélande.

Le jeune avocat, transporté de joie
et comme hors de lui, s'élança du lit;
il se trouvait dans la chambre où le

comte Z** avait fait le testament fatal. La description s'accordait trop bien avec les lieux; il n'y avait plus à en douter.

A quoi bon fatiguer le lecteur d'une foule de petites circonstances qui toutes se confirmèrent successivement; il suffira de dire qu'Insterbourg était, comme il l'est encore aujourd'hui, le siége d'un tribunal supérieur prussien appelé alors tribunal de la cour. Le jeune avocat se rendit aussitôt avec la comtesse chez le président; moyennant les papiers, expédiés dans les formes les plus authentiques, qu'il avait apportés avec lui, la légitimation de la comtesse fut complètement établie, et la publication du testament admise comme imprescriptible; la comtesse, qui était partie de son pays dans la misère et l'affliction, y retourna en possession de tous les droits qu'un destin ennemi avait voulu lui enlever.

CHAPITRE X.

L'AVOCAT parut aux yeux de Nanni
comme un héros qui avait défendu
victorieusement l'innocence en butte
à la méchanceté des hommes.

Leberfinck se répandit également
en éloges exagérés, admirant la péné-

tration et l'activité du jeune avocat.
Maître Wacht lui-même loua avec
quelque chaleur l'habileté de Jonathan,
quoiqu'il n'eût fait qu'accomplir son
devoir, et que lui, maître Wacht, pen-
sât que des voies plus courtes auraient
pu conduire au même résultat.

— Je regarde cet événement, dit
Jonathan, comme l'étoile du bonheur
qui s'est levée sur ma vie. L'affaire a
fait du bruit. Tous les grands de la
Hongrie étaient en mouvement. Mon
nom est connu, et ce qui n'est pas le
plus fâcheux de l'affaire, c'est que la
comtesse a été assez généreuse pour me
faire un cadeau de dix mille écus de
Brabant.

Pendant tout le récit du jeune avocat, un jeu fort extraordinaire s'était
prononcé dans la figure de Wacht,
qui exprima le plus profond dépit.

Enfin il éclata : — Quoi ! dit-il les yeux

enflammés et d'une voix terrible, ne l'ai-je pas dit. Tu as vendu le bon droit et la justice; la comtesse pour se faire restituer son héritage, par des parens trompeurs, a été obligée de sacrifier à Mammon; quelle honte!

Les raisonnemens les plus sensés de l'avocat et des autres personnes qui étaient présentes furent inutiles, quoique pendant une seconde il parût céder à la remarque qu'on lui fit, que probablement jamais personne n'avait offert un cadeau de meilleur gré que la comtesse au moment de la décision de son procès, et que si le gain et les honoraires n'avaient pas été plus considérables ce n'avait été que par la faute du jeune avocat lui-même, comme Leberfinck prétendait très-bien le savoir. Maître Wacht s'en tint à ce qu'il avait dit, et en même temps il revint à son ancien et opiniâtre dicton : Dès qu'il est question de droit, il ne peut être question d'argent.

— Il est vrai, continua Wacht quelque temps après avec plus de calme, il est vrai que cette affaire présente plusieurs circonstances qui peuvent bien t'excuser, et qui ont pu t'inspirer un vil désir de gain, mais fais-moi le plaisir de garder le silence sur la comtesse, sur le testament et les dix mille écus; sans cela il pourrait quelquefois me venir à l'idée que tu es indigne de la place que tu occupes là-bas à ma table.

— Vous êtes bien dur, bien injuste envers moi, mon père, dit le jeune avocat d'une voix tremblante de douleur. Nanni pleurait en silence, et Leberfinck, en homme adroit et social, se hâta de faire tomber la conversation sur les nouvelles dorures faites à Saint Gangolph.

XV.   10

CHAPITRE XI.

On se figure aisément la contrainte dans laquelle vécut désormais la famille Wacht. Qu'étaient devenues la liberté de la conversation, et la gaîté qui y régnaient autrefois? Un chagrin mortel rongeait lentement le cœur de Wacht, et on lisait sa douleur sur son visage.

On n'avait pas reçu la moindre nouvelle de Sébastien Engelbrecht, et ainsi paraissait s'éteindre la dernière lueur d'espoir de maître Wacht.

Le chef d'atelier de Wacht, nommé André, était un homme fidèle, probe et simple, qui avait pour lui un attachement sans pareil.

— Maître, lui dit-il un matin, tandis qu'ils prenaient ensemble la mesure de quelque solives; maître, je ne puis le supporter plus long-temps, cela me fend le cœur de vous voir ainsi souffrir! mademoiselle Nanni! le pauvre monsieur Jonathan!

Maître Wacht jeta rapidement le paquet de cordes, s'avança vers André et le saisissant à la gorge : — S'il était en ton pouvoir, s'écria-t-il, d'arracher de ce cœur la conviction de ce qui est vrai et juste, telle que la puissance éternelle l'y a gravée en traits de flammes, alors peut-être pourrais-tu me faire changer d'avis.

André qui n'était pas homme à s'engager dans de pareilles discussions avec maître Wacht, se gratta l'oreille, et dit en souriant avec quelque embarras que probablement la visite que certain grand seigneur allait faire à l'atelier, ne serait pas non plus d'un grand effet. Maître Wacht s'aperçut à l'instant qu'on s'était concerté pour un assaut contre lui, qui très-vraisemblablement serait dirigé par le comte de Koesel.

Au coup sonnant de neuf heures, Nanni, que suivait la vieille Barbara avec le déjeuner, vint à l'atelier. Wacht ne vit pas Nanni avec plaisir; elle ne venait pas ordinairement, et sa pré-

sence trahissait suffisamment le projet
qu'on avait arrêté.

En effet, bientôt parut M. le juge,
peigné et léché comme une poupée.
Immédiatement après lui venait le doreur et vernisseur Picard Leberfinck,
habillé de toutes sortes de couleurs
tranchantes, et assez semblable à un
scarabée de mai. Wacht fit semblant
d'être charmé de cette visite, à laquelle
il se hâta de donner pour motif, que
sans doute M. le juge désirait voir ses
nouveaux modèles.

En effet maître Wacht se sentait la
plus grande aversion pour les longs
sermons, que sans doute il allait lui
faire et en pure perte, dans l'intention d'ébranler sa résolution re-
lativement à Nanni et a Jonathan.
Le hasard le sauva. Au moment
où le juge, l'avocat et Leberfinck se

trouvaient l'un auprès de l'autre et que déjà le premier commençait à débiter des phrases élégantes sur les plus douces relations de la vie, il arriva que le gros Hans cria : — Poussez la poutre par là, et que de son côté le grand Peters poussa avec tant de vigueur, que le juge reçut un coup violent à l'épaule et tomba sur Picard; celui-ci alla rebondir contre le jeune avocat, et en un clin-d'œil tous les trois disparurent dans un tas immense de copeaux et de sciures de bois qui se trouvait derrière eux.

Les malheureux y furent tellement enfouis qu'on ne vit plus que quatre pieds noirs et deux jambes couleur de chamois, couleur des bas de cérémonie de M. Picard Leberfinck. Les compagnons et les apprentis ne purent s'empêcher de s'abandonner à de grands éclats de rire, quoique maître

Wacht leur commandât de se taire et de garder leur sérieux.

M. le juge était le plus horriblement défiguré ; les copeaux s'étaient insinués dans tous les plis de son habit et même dans les boucles de son élégante coiffure : il s'enfuit tout honteux, comme emporté par les vents, et l'avocat le suivit à la piste. Il n'y eut que Picard Leberfinck qui resta gai et de belle humeur, quoiqu'il fût hors de doute, qu'il ne pourrait plus mettre ses bas couleur de chamois ; car les copeaux funestes en avaient totalement déchiré les coins magnifiques. C'est ainsi qu'un incident risible déjoua l'assaut que l'on allait tenter contre Wacht.

Le maître ne se doutait guère de l'événement affreux qui devait le frapper le même jour.

Il venait de terminer son dîner et descendait l'escalier pour retourner à l'atelier. Dans ce moment, il entendit devant la maison une voix brutale qui disait : —Holà ! n'est-ce pas ici que demeure ce vieux scélérat, ce coquin de Wacht? Une voix lui répondit dans la rue : —Ce n'est pas un vieux coquin qui demeure ici ; c'est la maison de l'honnête bourgeois et maître charpentier, maître Jean Wacht.

Au même moment, la porte de la maison fut enfoncée d'un coup violent, et un homme grand et vigoureux et d'un air féroce se trouva en face du maître. Ses cheveux noirs se dressaient à travers les trous de son bonnet militaire, et la blouse qui tombait en lambeaux ne pouvait cacher toutes les parties de son corps nu et souillé de fange. Il avait à ses pieds des souliers de soldat, et les sillons bleuâtres tracés sur ses chevilles, indiquaient la marque des chaînes qu'il avait portées.

— Oh! oh! s'écria-t-il, sans doute vous ne me connaissez plus? Vous ne connaissez plus Sébastien Engelbrecht, auquel vous avez volé sa succession paternelle?

Maître Wacht s'avança d'un pas vers lui, avec l'air imposant qui lui était propre, et leva involontairement son bras armé d'une canne, on eût dit que la foudre venait de frapper l'étranger féroce : il recula en chancelant de quelques pas, puis levant le poing d'un air menaçant, il s'écria : — Je sais où est l'héritage qui me revient, je saurai bien me le procurer malgré toi, vieux pêcheur que tu es!

Il descendit le Caulberg avec la rapidité de la flèche; la populace le suivit.

Maître Wacht resta quelque temps immobile dans le vestibule : à la voix de Nanni qui s'écria avec frayeur :

— Au nom du ciel, mon père ! c'était Sébastien. Il entra en chancelant dans sa chambre, se laissa tomber tout épuisé sur un fauteuil, et se couvrant le visage des deux mains, il s'écria d'une voix déchirante : — Miséricorde éternelle du ciel, c'est Sébastien Engelbrecht ! Un grand bruit se fit entendre dans la rue, le peuple descendit rapidement le Caulberg, et dans le lointain quelques voix criaient : — Au meurtre ! — au meurtre !

Les plus affreux pressentimens s'emparèrent de Wacht ; il courut vers la demeure de Jonathan, qui était située précisément aux pieds de la montagne.

Une troupe épaisse de peuple s'agitait devant lui, et il aperçut Sébastien se débattant comme une bête féroce. Les gardes venaient de le ter-

rasser et de s'en rendre maîtres; ils
l'emmenaient pieds et poings liés.

— Jésus ! Jésus ! Sébastien a assas-
siné son frère! Ainsi se lamentait le
peuple, qui se pressait en sortant de
la maison. Maître Wacht écarta la
foule, et trouva le pauvre Jonathan
entre les mains des médecins, qui s'ef-
forçaient de le rappeler à la vie. Trois
coups de poing portés sur la tête avec
toute la force d'un homme vigoureux,
faisaient craindre pour ses jours.

Nanni avait tout appris par des
amies officieuses, comme cela arrive
d'ordinaire. Elle avait couru vers la
demeure de son amant, et elle arriva
dans le moment où le jeune avocat,
grâce à la naphte qu'on lui avait pro-
diguée, venait de rouvrir les yeux, et
où les chirurgiens parlaient de le tré-
paner; on peut facilement se figurer
son désespoir.

Nanni était désolée ; Rettel, malgr
ses fiançailles , plongée dans l'affliction , et Picard Leberfinck assurait,
en laissant couler des larmes de douleur le long de ses joues , que Dieu
devait être en aide à celui sur la tête
duquel tombait un poing de charpentier ; que la perte du jeune Jonathan était irréparable , mais que
du reste , le vernis de son cercueil
n'aurait point son pareil pour le noir
et pour l'éclat, et que la dorure des
têtes de morts et des emblêmes serait
au-dessus de toute comparaison.

CHAPITRE XII.

On sut que Sébastien s'était échappé d'une troupe de vagabonds que des soldats bavarois conduisaient par le territoire de Bamberg, et qu'il était entré en courant dans la ville, pour

exécuter un projet insensé qu'il avait
formé depuis long-temps. Ce n'était
point un malfaiteur vil et corrompu,
mais sa vie avait été celle d'un homme
léger, qui, malgré les dons les plus
précieux que lui a prodigués la nature, se laisse aller à toutes les séduc-
tions du mal, jusqu'à ce que, parvenu
au dernier degré du vice, il tombe
dans la misère et dans la honte.

En Saxe, il était tombé entre les
mains d'un saltimbanque qui lui avait
fait croire que maître Wacht avait dé-
tourné une partie considérable de sa
succession paternelle au profit de son
frère Jonathan, auquel il avait promis
sa fille en mariage. Apparemment, ce
vieux fourbe avait fabriqué ce conte
d'après plusieurs propos de Sébastien ;
et l'on sait déjà comment Sébastien
voulut se faire justice lui-même. Immédiatement après avoir quitté maître

Wacht, il s'était précipité dans la chambre de Jonathan, où celui-ci, assis devant son bureau, était occupé à régler un mémoire et à compter des rouleaux d'argent, entassés devant lui.

Le clerc était assis dans l'autre coin de la chambre.

— Ah, misérable ! s'écrie Sébastien avec fureur, te voilà assez près de ton trésor, tu comptes ce que tu m'as volé. Allons, rends-moi ce que ce vieux coquin m'a enlevé pour te le donner, démon avare et luxurieux ! Sébastien se jeta sur lui, et Jonathan avança les deux mains pour se défendre, en criant : — Mon frère ! au nom de Dieu ! mon frère ! Mais Sébastien lui lança plusieurs coups avec le poing fermé, et Jonathan tomba sans connaissance; puis Sébastien s'empara de quelques rouleaux d'argent et voulut s'enfuir, ce qui ne lui réussit pas.

Il se trouva, par bonheur, qu'aucune des blessures de Jonathan, qui paraissaient n'être que de fortes contusions, ne causa de secousse violente au cerveau; et deux mois après, au moment où Sébastien devait être conduit dans la maison de correction, pour y subir la peine de son crime, le jeune avocat se sentit parfaitement rétabli.

Ce terrible accident avait fait une impression si funeste sur maître Wacht. Pour cette fois le chêne vigoureux avait été ébranlé depuis le sommet jusqu'à la racine.

Souvent, lorsqu'on le croyait occupé de toute autre chose, on l'entendait murmurer à voix basse : — Sébastien, fratricide, as-tu pu commettre ce crime?.. Et alors il paraissait se réveil-

ler d'un rêve profond. Ce n'était que
par le travail le plus pénible et le plus
assidu qu'il chassait ses soucis. Mais
qui peut sonder les profondeurs d'une
âme aussi bizarre que l'était celle de
Wacht? L'horreur que lui avaient inspirée Sébastien et son action atroce
s'affaiblit peu à peu, tandis que la
pensée du trouble que l'amour avait
causé dans la vie du jeune avocat se
présentait à lui sous les couleurs les
plus vives.

Quelques propos brusques de Wacht
révélaient ce qui se passait dans son
âme : — Ainsi ton frère est dans les
fers? Le crime qu'il voulait commettre
sur ta personne l'a conduit là? — Il est
bien dur d'être la cause qu'un frère
ait fait mettre son frère en prison. Je
ne voudrais pas être à la place de ce
frère, mais les jurisconsultes pensent
différemment, ils veulent avoir justice,

c'est-à-dire ils veulent jouer avec la marotte qu'ils parent à leur gré, et à laquelle ils donnent le nom qui leur plaît.

Le jeune avocat n'était que trop souvent obligé d'entendre des paroles aussi amères et aussi absurdes. Il eût en vain essayé de les réfuter. Aussi ne répliquait-il pas, mais souvent lorsque les préjugés funestes du vieux Wacht, qui ruinaient tout son bonheur, menaçaient de lui briser le cœur, il s'écriait dans l'excès de sa douleur! — Mon père, mon père, vous êtes injuste, cruellement injuste envers moi!

Un jour la famille se trouvait réunie chez le vernisseur Leberfinck et Jonathan était présent. Maître Wacht dit que quelqu'un avait prétendu que Sébastien Engelbrecht, quoique mis aux fers pour son erreur, pouvait néanmoins faire valoir ses réclamations

contre Wacht, comme son ancien tu-
teur. — Ce serait, dit-il en se tournant
vers Jonathan avec un rire plein de
colère, ce serait un joli petit procès
pour un jeune avocat; tu feras bien ,
il me semble de t'en charger. Peut-être
tes intérêts y sont-ils également en jeu,
peut-être t'ai-je trompé aussi.

Le jeune avocat s'élança avec impé-
tuosité de sa chaise, sa poitrine se levait
et s'abaissait rapidement ; les mains
tendues vers le ciel, il s'écria : — Non,
vous n'êtes plus mon père, vous êtes
un fou qui sacrifie sans scrupule le
repos et le bonheur de ses enfans à un
préjugé ridicule : vous ne me reverrez
jamais ! J'accepte la proposition qui
m'a été faite aujourd'hui par le con-
sul américain, et je pars pour l'Amérique !

— Va donc s'écria Wacht, tout colère, va donc loin de moi, toi qui t'es

vendu à satan, frère d'un fratricide.

L'avocat quitta brusquement le jardin en saluant sa Nanni à moitié évanouie, et lui lançant un regard où se peignaient tout son amour sans espoir,
toute sa douleur, tout le désespoir
d'un éternel adieu.

CHAPITRE XIII.

Il a déjà été remarqué dans le cours de cette histoire, lorsque le jeune avocat voulut se brûler la cervelle à la Werther, combien il est heureux, que l'on n'ait pas tout de suite des pis-

tolets dans la main. Il est tout aussi
à propos de remarquer ici, que, fort
heureusement pour le jeune avocat, il
n'est pas non plus facile de s'embar-
quer à toute heure sur le Regnetz *
pour voguer en droite ligne vers Phi-
ladelphie.

Ainsi la menace de quitter pour toujours Bamberg et sa bien-aimée Nanni,
était encore restée sans exécution deux
années après, et pendant ce temps le
jour de noce de M. Leberfinck était
arrivé.

Leberfinck eût été inconsolable de
ce retard apporté à son bonheur, et
que les événemens affreux, qui s'étaient
succédés coup sur coup dans la maison
de Wacht, avaient dû nécessairement
amener, s'il n'eût trouvé ainsi le temps
de changer la décoration de son salon
qui était blanc et argenté et d'un lilas

---

* Petite rivière qui passe à Bamberg.

sans tâche, et qu'il enduisit d'un vernis ponceau avec la dorure convenable; car il s'était aperçu que sa petite Rettel trouverait une table rouge, et des siéges rouges plus à son goût.

Maître Wacht ne résista pas un seul moment aux instances de l'heureux vernisseur qui désirait voir le jeune avocat à ses noces, et le jeune avocat ne se fit pas prier.

On peut se figurer avec quels sentimens se rencontrèrent les deux jeunes gens qui ne s'étaient pas revus depuis le fatal jour. L'assemblée était nombreuse; mais aucun cœur ami n'était là pour les comprendre.

Ils étaient sur le point de se rendre au temple, lorsque maître Wacht reçut une grosse dépêche; à peine en eut-il lu quelques lignes, qu'il sortit dans une violente agitation, au grand effroi des assistans qui pressentaient quel-

ques nouveaux malheurs. Peu de temps
après, maître Wacht appela Jonathan, et lorsqu'ils se trouvèrent tous
les deux seuls dans le cabinet du maître, celui-ci, s'efforçant envain de cacher sa profonde émotion : — Je viens,
dit-il, de recevoir les nouvelles les plus
extraordinaires de ton frère : voici une
lettre du directeur de la maison de
correction, qui donne les plus grands
détails sur tout ce qui s'est passé. Toi,
tu ne peux savoir tout cela, et il fau-
drait jusqu'aux moindres circonstances
te raconter tout, mais le temps presse;
à ces mots, maître Wacht fixa un regard sur Jonathan, qui, tout honteux,
baissa les yeux en rougissant

— Oui, oui, continue le maître en
élevant la voix, tu ne sais pas que ton
frère, peu d'heures après son arrivée
en prison fut saisi d'un repentir, comme jamais peut-être le cœur d'un

homme n'en a éprouvé. Tu ne sais pas
que le meurtre qu'il avait tenté sur toi
l'avait anéanti. Tu ne sais pas que, livré
à un désespoir furieux, il a hurlé nuit
et jour, en suppliant le ciel de le dé-
truire ou de le sauver, afin que doré-
navant il se lavât de la dette de sang
par une vie exemplaire. Tu ne sais pas,
qu'à l'occasion d'un agrandissement
considérable de la prison, auquel on
avait employé des détenus comme manœuvres, ton frère se distingua tellement comme charpentier habile et instruit, que bientôt, il remplit les fonc-
tions de surveillant. Tu ne sais pas que
par ses manières douces et pieuses,
sa modestie jointe à un jugement net
et sain, il s'est concilié dans ces fonc-
tions l'amitié de tout le monde. Tu ne
sais pas tout cela, voilà pourquoi j'ai
dû t'en instruire. Mais ce n'est pas tout.
Le prince évêque a gracié ton frère,

il est devenu maître. Mais comment a-
t-on acheté sa maîtrise sans des secours pécuniaires?

— Je sais, dit le jeune avocat à voix
très-basse, je sais que vous, mon bon
père, vous avez envoyé tous les mois
de l'argent à la direction, afin de pouvoir séparer mon frère des autres pri-
sonniers. Et plus tard vous lui avez
envoyé des outils !

Maître Wacht s'avança vers le jeune
avocat, le saisit par les deux bras et
d'une voix dont l'expression flottait
d'une manière indéfinissable entre une
joie délirante, la tristesse et la douleur : — Tout cela, lui dit-il, supposé
même que sa vertu naturelle ait éclaté
puissamment, tout cela aurait-il pu lui
rendre l'honneur, la liberté, les droits
de citoyen, de propriété. Un philan-
thrope inconnu, qui paraît s'intéresser
vivement au sort de Sébastien, a dé-

posé près des tribunaux dix mille gros
écus, pour........

La violente émotion qu'éprouvait
maître Wacht l'empêcha de continuer.
Il pressa vivement l'avocat contre sa
poitrine, et s'écria, avec effort : — Avocat, il faut que je pénétre dans la profondeur du droit tel qu'il est écrit dans
ton cœur, et que je soutienne l'épreuve
du jugement dernier comme tu la sou-
tiendras.

Mais, continua maître Wacht après
quelques secondes, en abandonnant le
bras du jeune avocat; mais, mon cher
Jonathan, si Sébastien, devenu honnête
et vertueux bourgeois, venait me rappeler une parole donnée, si Nanni...

— Alors je supporterai ma douleur
jusqu'à ce qu'elle me tue, — je m'enfui-
rai en Amérique.

— Reste ici, s'écria maître Wacht,
tout transporté de joie et de ravisse-

ment, reste ici, cher enfant de mon
cœur. Sébastien épousera une jeune
personne qu'il avait séduite et aban-
donnée jadis, Nanni est à toi!

Maître Wacht embrassa de nouveau
le jeune avocat, en s'écriant :

—Jeune homme, je suis maintenant devant toi comme un écolier, et
je voudrais te demander pardon de
mes torts et de mon injustice, mais
pas un mot de plus, on nous at-
tend.

Et maître Wacht prit le jeune avocat,
l'entraîna avec lui dans la salle de noces, et après s'être placé avec Jonathan au milieu du cercle, il dit d'une
voix solennelle :

— Avant que nous procédions à
l'acte saint, vous tous honnêtes époux
et épouses, vous vertueux jeunes
hommes et jeunes vierges, je vous in-
vite dans six semaines à une pareille

cérémonie dans ma demeure; car je vous présente ici monsieur l'avocat Jonathan Engelbrecht , auquel je fiance en ce moment ma fille cadette Nanni.

Les amans ivres de bonheur tombèrent dans les bras l'un de l'autre.

Un léger murmure d'étonnement parcourut l'assemblée, et le vieux André dit à voix basse, en serrant contre sa poitrine son petit chapeau de charpentier, à trois cornes :

Le cœur de l'homme est bizarre; mais la foi triomphe de tout, et tourne tout à bien, au gré de Dieu.

FIN DE MAÎTRE JEAN WACHT.

LE CŒUR DE PIERRE.

LE CŒUR DE PIERRE.

CHAPITRE PREMIER.

Tout voyageur qui s'est approché par un beau temps de la partie méridionale de la petite ville de G**, a vu à la droite de la grande route une belle maison de plaisance, dont les pi-

gnons bizarres et bariolés s'élèvent
au-dessus de l'épais feuillage des arbres.
Ces bois ceignent un vaste jardin qui
s'étend dans la vallée. Si jamais tu suis
cette route, cher lecteur, ne redoute
ni le petit retard que te causera ce
détour, ni la légère offrande que tu
donneras au jardinier; sors de ta voiture, fais-toi ouvrir cette maison, et
parcours ce jardin en disant que tu as
particulièrement connu le défunt pro-
priétaire de ce domaine, le conseiller
aulique Reutlinger qui habitait G**. Au
fond, tu pourras le dire avec raison,
s'il te plaît de lire jusqu'à la fin tout
ce que je me dispose à te raconter; car
j'espère qu'alors le conseiller Reutlinger se montrera à tes yeux avec ses
manières originales et ses goûts singu-
liers, absolument tel que si tu l'avais
connu réellement. Dès l'abord, tu reconnais déjà le goût gothique et les or-

nemens grotesques de cette maison, et
tu te plaindras avec raison de ces re-
poussantes peintures à fresque; mais en
examinant de plus près, une singulière
intention se déploie dans ces pierres
ainsi peintes, et tu pénètres dans le
vaste pérystile avec un léger sentiment
d'effroi. Sur les murailles divisées en
panneaux, et revêtues de stuc blanc, on
aperçoit des arabesques peintes en
couleurs pâles, qui offrent dans leurs
sinueuses courbures des figures d'hommes et d'animaux, des fleurs, des fruits,
des roches et une foule d'objets divers.
Dans la grande salle qui s'élève au-delà du second étage, apparaissent en
moulures dorées toutes les formes de
la plastique. Au premier coup-d'œil,
tu parleras du mauvais goût du siècle
de Louis XIV, tu blâmeras ce style ba-
roque, chargé, maigre et exagéré;
mais si tu ne manques pas d'une cer-

taine imagination, cher lecteur, ce que
j'admets toujours en ta personne, ô
toi qui daignes me lire, tu ne tarderas
pas a changer de disposition. Tu croi-
ras t'apercevoir que cette fantaisie sans
regles n'a été que le jeu hardi d'un
peintre qui dominait en maître toutes
ces formes, et tu devineras que tous
ces emblêmes forment une chaîne d'i-
ronies amères contre la vie humaine,
de sarcasmes échappés à une âme malade et mortellement blessée. Je te
conseille surtout, mon cher lecteur ou
voyageur, de parcourir les petites
chambres du second étage, qui cou-
ronne cette salle comme une galerie.
Là, les décorations sont très-simples;
mais çà et là on rencontre des inscrip-
tions allemandes, turques, et arabes,
qui s'accouplent singulièrement; puis
tu te rends dans le jardin. Il est dessiné à la vieille mode française, en lon-

gues charmilles couvertes, avec des
cascades, des statues et des fontaines.
Je ne sais si l'on éprouve comme moi
une impression grave et solennelle à
la vue de ces anciens jardins français,
mais pour moi je les préfère à ces pré-
tendus jardins anglais, remplis de ba-
gatelles, de petits ponts, de petites ri-
vières, de petits temples et de petites
grottes. A l'extrémité de ce jardin, on
pénètre dans un petit bois, et le jardinier vous fait remarquer qu'il a la
forme d'un cœur, comme on peut le
voir distinctement du haut de la maison. Au milieu de ce bois est un pavillon en marbre brun de Silésie, également bâti en forme de cœur. Le pavé
est de marbre blanc, et on y aperçoit
un cœur d'une grandeur extraordinaire.
Il est formé d'une pierre rouge, in-
crustée dans le marbre. En se baissant,
on découvre ces mots qui y sont écrits :
Il repose!

Dans ce pavillon, auprès de ce cœur qui ne portait pas alors cette inscription, se trouvaient, le jour de Sainte-Marie, c'est-à-dire le 8 septembre de l'année 180..., un homme âgé, d'une belle apparence, et une vieille dame, tous deux richement vêtus.

— Mais, disait la dame, mais, mon cher conseiller, comment vous est donc venue la bizarre, je dirai même l'épouvantable idée de faire construire dans ce pavillon une sépulture pour votre cœur, qui doit reposer sous cette pierre rouge ?

— Laissez-moi ne pas parler de ces choses-là, ma chère conseillère-intime! répondit le vieux monsieur. — Nommez-le un jeu de mon esprit malade, nommez-le comme vous voudrez, mais apprenez que lorsque le découragement le plus amer me prend au milieu des biens que la fortune m'a

jetés par hasard, je ne trouve qu'en
ce lieu du calme et des consolations.
C'est le sang qui coule de mon cœur
déchiré qui a teint cette pierre; mais
elle est glacée; et bientôt, lorsqu'elle
pèsera sur mon cœur, elle apaisera
le feu qui le consume.

La vieille dame jeta un regard douloureux sur le cœur de pierre, et en
se baissant un peu pour mieux l'exa-
miner, deux grosses larmes limpides
tombèrent comme deux perles sur le
pavé rougeâtre. Le vieil homme prit
vivement sa main. Ses yeux brillèrent
du feu de la jeunesse. Comme on voit
dans l'éloignement, aux dernières
lueurs du soleil, une campagne char-
gée de fruits et de fleurs, on distinguait dans ses regards brûlans un passé
plein d'amour et de tendresse.

— Julie! Julie! s'écria-t-il; car vous
aussi vous avez blessé ce cœur mor-

tellement. Et la douleur étouffa sa voix.

— Ce n'est pas moi qu'il en faut accuser, Maximilien! dit la dame avec un accent pénétré et d'une voix émue. N'est-ce pas votre inflexible opiniâtreté, votre foi aveugle dans les pressentimens, vos visions qui vous chassèrent loin de moi, et qui me décidèrent à donner la préférence à cet homme plus doux et plus pliant, qui prétendait aussi à mon cœur? Ah! Maximilien, vous dûtes sentir vous-même combien je vous aimais tendrement; mais votre humeur fantasque ne me tourmentait-elle pas sans relâche?

Le vieux monsieur interrompit la dame, et abandonnant sa main : — Oh! vous avez raison, madame la conseillère-intime, je dois rester seul; nul cœur humain ne doit se joindre au mien; toutes les joies que donnent l'amour, l'amitié viennent vainement frapper contre ce cœur de pierre.

— Que vous êtes amer, que vous êtes injuste envers vous-même et envers les autres, Maximilien ! s'écria la dame. Qui ne vous connaît comme le plus généreux bienfaiteur des pauvres, comme le plus infatigable défenseur du bon droit ; mais quel mauvais génie a jeté dans votre âme cette défiance qui se décèle dans toutes vos paroles, dans tous vos gestes.

— Ne reçois-je pas, avec la tendresse la plus vive, tout ce qui s'approche de moi, dit le vieillard d'une voix attendrie et les yeux humides. Mais cette tendresse me déchire le cœur, au lieu de l'animer. — Ah ! continua-t-il, en élevant la voix, il a plu à l'impénétrable Providence de me douer d'un don qui précipite ma mort, qui me tue mille fois ! Semblable au juif errant, je vois le signe invisible, la marque de Caïn sur le front du méchant ! Je reconnais les avertissemens secrets que donne comme des énigmes le roi des cieux, que nous nommons le hasard. Une jeune et douce fille s'offre à nous avec des regards purs comme ceux d'Isis, mais qui ne pénètre pas son âme, s'expose à se voir blesser par des griffes de lion et entraîner dans l'abîme.

— Encore ces fâcheux rêves ! dit la dame. Qu'est devenu ce charmant enfant, le fils de votre frère, que vous aviez recueilli il y a quelques années, et en qui vous sembliez trouver tant d'amour et de consolation.

— Cet enfant, répondit le vieillard d'une voix rude, je l'ai repoussé ! c'était un mauvais sujet, une vipère que je réchauffais dans mon sein.

— Un mauvais sujet ! un enfant de six ans ! dit la dame étonnée.

—Vous connaissez l'histoire de mon frère cadet, dit le vieillard ; vous savez qu'il me trompa plusieurs fois d'une manière indigne ; qu'étouffant tout sentiment fraternel, chaque service que je lui rendais était une arme qu'il dirigeait contre moi. Il n'a pas dépendu de lui que je n'aie perdu mon honneur et ma position sociale. Vous savez qu'il y a quelques années, étant plongé dans la plus profonde misère, il vint à moi, me promettant de mettre un terme aux désordres de sa vie; vous savez aussi que je le reçus en frère, et qu'il profita de son séjour dans ma maison, pour s'approprier certains documens... mais silence là-dessus. Son fils me plut, et je le gardai, après que son misérable père, qui voulait me faire un procès criminel, eut été forcé de s'enfuir loin

de moi. Un avertissement du ciel me
délivra de ce petit scélérat.

— Et cet avertissement du ciel était
sans doute quelque rêve ? dit la dame.

Mais le vieillard continua : — Écou-
tez-moi, Julie, et jugez vous-même ! —
Vous savez que la conduite diabolique
de mon frère me porta le coup le plus
rude que j'eusse jamais reçu, — à
moins que ce ne soit celui que vous...
mais silence là-dessus. Fut-ce l'effer-
vescence que prirent mes idées à cette
époque qui m'inspira l'idée d'élever un
tombeau pour mon cœur, bref cela
eut lieu. — Mon bois fut planté en
forme de cœur, le pavillon s'éleva et
les ouvriers s'occupèrent à le paver.
Un jour je viens pour assister à leur
travail , et je remarque à quelque
distance, que l'enfant, nommé Max
comme moi, s'amuse à rouler çà et là
quelque chose, en bondissant et en

poussant de grands éclats de rire. Un sombre pressentiment s'empare de mon âme! — Je cours vers l'enfant, et je demeure pétrifié en voyant que c'est la pierre rouge, taillée en forme de cœur, qu'on avait disposée pour être placée dans le pavillon, qu'il roule ainsi de tous côtés et dont il s'amuse si gaîment!

— Misérable! Tu joues avec mon cœur, comme ton père! — A ces mots, je le repousse avec humeur, au moment où il s'approche de moi en pleurant. — Mon régisseur reçut les ordres nécessaires pour le renvoyer, et je ne le revis jamais!

— Homme effroyable! s'écria la dame. Mais le vieux monsieur, s'inclinant poliment, lui dit : — Les arrêts du destin ne s'arrangent pas avec les petites sensibleries des dames. Et lui donnant le bras, il la conduisit dans le jardin , à travers le petit bois.

Le vieux monsieur était le conseiller aulique Reutlinger; et la dame , la conseillère-intime Foerd.

CHAPITRE II.

Le jardin offrait le plus merveilleux spectacle que l'on pût voir. Une grande société, composée de conseillers-intimes, de conseillers auliques, de conseillers de finances, et de leurs familles,

venus de la ville voisine, s'y était ras-
semblée. Tous, même les jeunes gens
et les jeunes filles, étaient rigoureuse-
ment vêtus selon la mode de l'année
1760, avec de grandes perruques, des
habits bien raides et de hautes frisu-
res poudrées, qui produisaient une il-
lusion d'autant plus parfaite que la
forme du jardin convenait parfaitement
à ce costume. Chacun se croyait trans=
porté, comme par un coup de ba-
guette, dans le temps passé. Une idée
singulière de Reutlinger avait donné
lieu à cette mascarade. Il avait coutume de célébrer, tous les trois ans,
le jour de Sainte-Marie, *la fête du vieux
temps*, à laquelle il invitait toutes les
personnes de la ville qui voulaient y
assister, sous la seule condition que
chaque convive adopterait le costume
de l'année 1760. Le conseiller fournissait des costumes de sa riche garde-

robe aux jeunes gens qui n'étaient pas
assez riches pour faire cette dépense.
Cette fête, qui durait trois jours, rame-
nait le conseiller au milieu des souve-
nirs de sa première jeunesse.

Deux jeunes gens, Ernest et Willibald, se rencontrèrent dans une allée
Ils se regardèrent un moment en silence, et se mirent à rire aux éclats.

— Tu as l'air d'un cavalier égaré
dans le labyrinthe d'amour, s'écria Willibald.

— Et moi, il me semble que je t'ai
déjà rencontré dans quelque vieux roman, répondit Ernest.

— Mais vraiment la pensée du vieux
conseiller n'est pas si mauvaise, reprit
Willibald. Il veut une bonne fois se
mystifier lui-même, et rebâtir un temps
dans lequel il vivait réellement, quoique à son âge, il ait encore toutes ses
forces, toute la liberté de son esprit.

et qu'il ait une imagination plus vive et
un cœur plus ardent que beaucoup de
jeunes gens d'aujourd'hui. Il ne doit
pas craindre que quelqu'un s'écarte de
son costume, par son langage ou par
ses manières; car nous sommes tous
dans des habits qui nous rendraient
tout écart impossible. Vois donc comme
nos jeunes dames ont un air noble et
prude dans leurs lourdes jupes cha-
marrées, et comme elles se servent dé-
cemment de l'éventail. — Vraiment
l'esprit de la vieille courtoisie s'est si
bien emparé de moi sous cette perruque qui couvre ma tête à la Titus, que
je ne sais qui m'empêche d'aller auprès de la plus jeune fille du conseiller-
intime Foerd, de la belle Julie que je
vois là-bas, et de lui dire : — Charmante
Julie, quand me rendrez-vous le repos,
en m'accordant votre amour. Il est impossible qu'une divinité de marbre pré-

side à ce temple de la beauté. Le marbre se creuse par la pluie, et le sang
amollit le diamant, mais votre cœur
est comme une enclume que les coups
endurcissent; plus le mien le frappe,
plus il est insensible. Prenez-moi pour
le but de vos regards. Ah! de grâce,
cruelle, ne gardez pas ce funeste silence
qui me tue? Les rochers répondent par
un écho à ceux qui les interrogent, et
vous, vous n'avez pas même un mot à
me dire? O la belle des belles......

—Je t'en supplie, assieds-toi, dit Ernest à son ami, te voilà déjà de nouveau
dans tes folies, et tu ne remarques pas
que Julie qui s'était approchée de nous
gracieusement, vient de s'enfuir avec
timidité. Sans bien comprendre tes paroles, elle a soupçonné que tu te mo-
quais d'elle, et tu as ainsi augmenté ta
réputation de moqueur qui s'étend déjà
sur moi; car j'ai vu plus d'une fois

qu'on me regardait de travers en disant : — C'est l'ami de Willibald.

— Tu sais que beaucoup de gens, et
surtout les jeunes filles de seize à dix-
sept ans, m'évitaient avec soin; mais je
connais le but auquel mènent tous les
chemins, et je sais aussi que lorsqu'elles
m'y rencontreront, elles me tendront
amicalement la main.

— Tu veux dire au grand jour de
réconciliation, au jugement dernier,
lorsqu'on aura secoué le joug des idées
humaines, dit Ernest.

. — Oh! je t'en prie, s'écrie Willibald, ne nous élevons pas à ces grandes
questions. Le moment n'est pas favo-
rable; abandonnons-nous plutôt aux
idées folles dans lesquelles Reutlinger
nous a comme encadrés aujourd'hui.
Quelle bizarrerie a-t-il donc encore ima-
ginée là-bas? Vois-tu cet arbre dont le
ent balance les fruits blancs. Ce ne

peut être le *Cactus grandiflorus*, car il
ne fleurit qu'à minuit. Dieu sait quel
arbre merveilleux le conseiller a encore planté dans son Tusculum.

Les deux amis s'acheminèrent vers
l'arbre et ne furent pas peu surpris en
apercevant un épais maronnier dont
les fruits n'étaient autre chose que
des perruques poudrées à blanc qui ser-
vaient de jouet au vent, et se balan-
çaient curieusement avec leurs bourses
et leurs queues. De grands éclats de
rire annonçaient ce qui se trouvait sous
le feuillage. Une société de vieux Messieurs, bien gais et bon vivans, s'étaient
réunis sur la petite pelouse qui s'éten-
dait au pied de l'arbre, après avoir ôté
leurs habits et accroché leurs lourdes
perruques aux branches du maronnier
ils s'étaient mis à jouer au ballon. Mais
personne ne surpassait dans cet exercice
le conseiller Reutlinger qui savait en-

voyer le projectile à une hauteur pro-
digieuse et qui le lançait si adroitement
qu'il retombait toujours aux pieds de
son adversaire. — En cet instant, une
effroyable musique de petites flûtes et
de tambours se fit entendre ; la société
mit fin à son jeu, et reprit ses habits
et ses perruques.

— Qu'arrive-t-il donc encore ? dit
Ernest.

— Je parie que c'est l'ambassadeur
Turc, répondit Willibald.

— Quel ambassadeur Turc ?

— On nomme ainsi, dit Willibald,
le baron d'Exter, qui réside à G***,
et que tu as assez vu pour reconnaître
en lui le plus grand original qui soit
au monde. Il a été autrefois ambassadeur de notre cour à Constantinople,
et il se plaît encore à se mirer dans le
reflet de ce printemps de sa vie; les
descriptions du palais qu'il habitait

dans Péra, font souvenir de ce palais de diamans des fées dans les Mille et une. Nuits ; et la manière dont il y vivait, rappelle le roi Salomon dont il prétend avoir l'esprit de sagesse et de divination. En effet, ce baron d'Exter, malgré ses vanteries et son charlatanisme, a quelque chose de mystique qui souvent m'impose et m'abuse moi-même. Sa liaison avec Reutlinger est basée sur les sciences secrètes auxquelles ils croient également tous les deux. Au reste, tous les deux sont de grands visionnaires, mais chacun à sa façon, quoiqu'ils se réunissent dans la doctrine de Mesmer dont ils sont partisans décidés.

En causant ainsi, les deux amis étaient arrivés à la grande grille du jardin, par laquelle venait d'entrer l'ambassadeur turc. C'était un petit homme couvert d'une belle pelisse et d'un grand turban de cachemire à couleurs tranchantes. Mais il n'avait pu se défaire, par habitude, de sa perruque à marteaux, et par nécessité, de ses bottes de castor pour la goutte, ce qui altérait sensiblement l'orientalisme de son costume. Sa suite, qui faisait cet horrible baccanale, était composée de son cuisinier et de ses laquais, déguisés en Maures, avec des bonnets de castor pointus qui ressemblaient passablement à des sambenitos. Le baron tenait par le bras un vieil officier qui semblait s'être réveillé après un long sommeil, de quelque champ de bataille de la guerre de sept ans. C'était le baron Rixendorf, commandant de G***, qui avait adopté, avec ses officiers, l'ancien uniforme, pour faire plaisir au conseiller.

—Salama mileh! dit Reutlinger, en faisant une révérence au baron, qui

ôta son turban, et le remit aussitôt sur
sa perruque, après avoir essuyé la
sueur de son front avec un mouchoir
des Indes. En ce moment, un corps
doré, qu'Ernest avait dès long-temps
remarqué dans un cerisier se remua,
et le conseiller de commerce, Hars-
cher, vêtu d'un habit de gala en
brocard d'or avec des culottes pareilles et une veste parsemée de bouquets
bleus sur un fond d'argent, descendit
avec dextérité le long de l'échelle qu'il
avait placée contre l'arbre, et courut
se jeter dans les bras de l'ambassadeur,
en criant ! *Oh! che vedo.— O dio che
sento!* — Le conseiller de commerce
avait passé sa jeunesse en Italie, était
grand musicien, et avait la prétention,
avec un fausset exercé, de chanter
comme Farinelli.

— Je sais, dit Willibald, que Hars-
cher a rempli ses poches de cerises

pour les offrir aux dames. Mais comme
il porte, à l'imitation de Frédéric II,
son tabac dans ses poches sans sa ta-
batière, il ne recueillera de sa galan-
terie que des grimaces et des rebuf--
fades.

L'ambassadeur Turc et le général
de la guerre de sept ans furent ac-
cueillis avec des transports de joie. Ce
dernier fut reçu par Julie Foerd avec
toute l'expression de la tendresse filiale;
elle s'inclina devant le vieux guerrier,
et voulut lui baiser la main, mais
l'ambassadeur Turc se jeta entre eux
en s'écriant : — Folies, enfantillages !
Et il embrassa Julie avec force tout en
marchant sur le pied du conseiller dé-
contenancé qui poussa une exclama-
tion involontaire, puis il entraîna la
jeune fille avec lui. — On vit qu'il lui
parlait avec véhémence, agitant les
bras, ôtant et remettant son turban
et se livrant à mille contorsions.

—Qu'a donc à faire ce vieillard avec cette jeune fille ? dit Ernest.

— En effet, répliqua Willibald, il semble que ce soit quelque chose d'important, car quoique Exter soit le parrain de Julie et qu'il l'aime beaucoup, il n'a pas coutume de s'enfuir ainsi de la société avec elle.

En ce moment l'ambassadeur Turc s'arrêta subitement, étendit le bras droit devant lui, et s'écria d'une voix forte qui retentit dans tout le jardin : Apporte!

Willibald fit un grand éclat de rire: — En vérité, dit-il, ce n'est rien autre chose sinon qu'il raconte à Julie pour la millième fois, la remarquable histoire du chien de mer.

Ernest voulut absolument connaître cette histoire.

— Apprends donc, dit Willibald, que le palais d'Exter était situé si près

du Bosphore que des degrés du plus
beau marbre de Carrare, conduisaient
jusqu'à la mer. Un jour, Exter était sur
sa terrasse, plongé dans les plus pro-
fondes réflexions, lorsqu'un cri per-
çant l'arracha tout-à-coup a sa rêverie.
Il regarde au tour de lui et voit qu'un
immense chien de mer vient de se plonger dans les flots, emportant dans sa
gueule l'enfant qu'une pauvre femme
turque, assise sur les degrès, avait laissé
auprès d'elle. Exter descend précipitamment, la femme tombe à ses genoux en gémissant et en pleurant;
mais Exter n'hésite pas long-temps, il
s'avance jusqu'à la dernière marche,
au bord de la mer, étend le bras, et
s'écrie d'une voix forte : Apporte ! —
Aussitôt le chien de mer sort de la
profondeur des ondes, tenant dans sa
gueule l'enfant, qu'il remet avec sou-
mission et en bon état au magicien;

puis, se dérobant à ses remerciemens, il se replonge dans les flots.

— Cela est fort ! s'écria Ernest.

— Le vois-tu maintenant tirer un anneau de son doigt et le présenter à Julie ? dit Willibald. La vertu ne reste jamais sans récompense ! Outre que Exter sauva l'enfant, ayant appris que la mère était femme d'un pauvre ouvrier, il lui fit présent de quelques bijoux et de quelques pièces d'or, ce qu'il nomme une bagatelle, et ce qui valait tout au plus trente mille écus; alors cette femme tira de son doigt un petit saphir et le présenta à Exter en l'assurant que c'était un précieux héritage de famille que la grandeur du bienfait d'Exter pouvait seule l'engager à donner. Exter prit l'anneau qui lui sembla de peu de valeur, et ne fut pas peu surpris en reconnaissant à l'inscription arabe presque imperceptible qui s'y trouvait, que c'était le sceau du grand Ali avec lequel il attirait le pigeon de Mahomet pour converser avec lui * !

—Voilà des choses merveilleuses, dit Ernest en riant, mais voyez un peu ce qui se passe dans ce cercle au milieu duquel s'agite une petite créature semblable aux atomes de Descartes.

Les deux amis s'approchèrent d'une petite prairie sur laquelle une petite dame, haute de quatre pieds environ, faisait claquer ses doigts, en chantant avec un filet de voix : Il pleut, il pleut bergère, ramenez vos troupeaux. — Croirais-tu bien, dit Willibald, que cette figure poudrée, est la sœur aînée de Julie? tu dois remarquer

---

* Il n'est point douteux que le baron Exter ne soit un portrait de quelqu'un de ces originaux si communs en Allemagne, et le type des menteurs de profession, tels que le baron Chasseur de Münchausen, dont les récits sont passés en proverbe dans tout le Nord. Tr.

qu'elle appartient à cette classe de femmes que la nature a mystifiées en les
douant d'une coquetterie qui les rend
à charge aux autres, quoiqu'elle leur
ait refusé le don de plaire, et qu'en les
condamnant à une éternelle enfance,
elle ne leur ait donné qu'une ridicule
naïveté, sans les grâces et la fraîcheur
du jeune âge.

Les deux amis s'approchèrent et ga-
gnèrent la salle de musique où l'on
distribuait des rafraîchissemens dans
des vases de porcelaine gothique.
Reutlinger avait pris un violon et dirigeait avec talent un sonate de Corelli,
accompagné au piano par le général,
et sur le théorbe par le conseiller de
commerce à l'habit à drap d'or. Puis la
conseillère Foerd chanta avec une expression admirable une grande scène
italienne d'Anfossi. Sa voix était cassée
et chevrotante, et cependant elle en

triomphait par le talent de sa méthode.
Le ravissement éclatait dans les regards de Reutlinger qui semblait encore aux beaux jours de sa jeunesse.
L'adagio achevé, le général entama
l'allégro, lorsque tout-à-coup les portes de la salle s'ouvrirent, et un jeune
homme bien vêtu et de bonne mine
vint se jeter, hors d'haleine à ses pieds.

—O général! s'écria-t-il, vous m'a-
vez sauvé! vous seul! O mon Dieu, que
ne vous dois-je pas?

CHAPITRE III.

Ainsi criait le jeune homme qui était hors de lui. Le général embarrassé, releva doucement le jeune homme et le conduisit dans le jardin en lui parlant avec douceur.

La société avait été fort surprise de
cette aventure; chacun avait reconuu
dans le jeune homme le secrétaire
du conseiller Foerd, et l'on exami-
nait ce dernier avec étonnement. Celui-ci prit du tabac et parla en
français à sa femme. Enfin, l'ambassadeur Turc s'avança vers lui et lui dit:
— Je ne sais vraiment, mon honorable
conseiller, quel mauvais démon a
poussé ici mon cher Max avec ses re-
mercîmens si importuns, mais je vais
le savoir tout à l'heure. — A ces mots,
il s'échappa, et Willibald le suivit. Le
trio de la famille Foerd, à savoir les
trois sœurs Nanette, Clémentine et
Julie, avaient des contenances fort variées. Nanette agitait avec bruit son
éventail, parlait d'étourderie et voulait se remettre à chanter : Ramenez
vos troupeaux! Mais personne ne se
disposait à l'écouter. Julie s'était re-

tirée dans un coin, et tournait le dos
à la compagnie, pour cacher sa rougeur et quelques larmes qui lui étaient
venues dans les yeux.

—La joie et la douleur blessent également le sein des pauvres humains,
mais le sang que fait jaillir l'épine
cruelle, ne rend-elle pas les couleurs
à la rose qui commence à pâlir? Ainsi
parlait avec un grand pathos, Clémentine éprise de Jean-Paul (*), en serrant
à la dérobée la main d'un jeune homme
aux cheveux blonds, qui se mit à sourire d'un air fade, et lui dit pour toute
réponse : — Oh! oui, charmante Clémentine.

En ce moment, Willibald entra dans
le salon et chacun l'entoura en l'assié-
geant de questions. Mais lui ne voulait

---

* Textuellement : *Toute jean-paulisée.* Les écrits de
Jean-Paul-Frédéric Richter ont tourné beaucoup de têtes
féminines en Allemagne. Tr.

absolument rien savoir, et se tenait
sur une grande réserve, en prenant
l'air ironique et malin qu'il avait souvent. On ne le quitta pas cependant,
car on avait remarqué qu'il s'était pro-
mené dans le jardin avec le conseiller
Foerd, le général Rixendorf, et le
jeune secrétaire, et qu'ils s'étaient en-
tretenus avec chaleur.

— S'il faut que je divulgue avant le
moment cet événement important,
vous me permettrez, messieurs et nobles dames, de vous adresser d'abord
quelques questions.

On le lui permit volontiers.

— Ne reconnaissez-vous pas tous,
dit Willibald d'un ton pathétique, le
secrétaire du conseiller intime, le
jeune Max, comme un homme bien
élevé et richement doté par la nature.

— Oui, oui, répondirent en chœur
toutes les dames.

— N'avez-vous pas entendu rendre justice à sa sagacité, à son assiduité et à sa connaissance des affaires ?

— Oui, oui ! s'écria le chœur des hommes, et les deux chœurs se réunirent lorsque Willibald demanda encore si Max n'était pas le garçon le plus éveillé, le plus malin et un dessinateur habile, puisque le général qui passe pour un amateur de première force n'avait pas dédaigné de lui donner des leçons.

— Il arriva donc, il y a quelque temps reprit Willibald, qu'un jeune maître de l'honorable corporation des tailleurs, célébrant sa noce, il y eut bombances, et les basses et les trompettes s'épuisèrent en fanfares dans les rues. Jean, le domestique du conseiller intime, était douloureusement assis à la fenêtre, le cœur lui défaillait en croyant voir Henriette parmi les dan-

seuses, car il paraît que Henriette était
de la noce. Mais lorsque, de sa fenêtre,
il aperçut réellement Henriette, il n'y
put tenir plus long-temps, courut à
sa chambre, se mit dans la plus belle
tenue, et se rendit bravement à la
salle de noce. On le laissa entrer, mais
sous la condition que chaque tailleur
aurait la préférence sur lui, ce qui ne
lui permettait de danser qu'avec les
filles que leur laideur ou leurs mauvai-
ses qualités faisaient rejeter. Henriette
était engagée pour toutes les danses;
mais dès qu'elle vit son amoureux, elle
oublia tous ses engagemens, et le
brave Jean repoussa si violemment le
petit tailleur qui voulait lui prendre
sa belle, qu'il le fit pirouetter et tomber
sur le parquet. Ce fut le signal d'un
combat général. Jean se défendit
comme un lion, distribuant à foison
les soufflets et les coups de poing au-

tour de lui; mais il lui fallut succomber au nombre de ses ennemis, et il fut jeté d'une façon injurieuse, par les garçons tailleurs, au bas de l'escalier. Plein de rage et de désespoir, il frappait aux portes et aux fenêtres pour les briser, lorsque Max qui passait par-là, délivra le malheureux Jean des mains de la patrouille qui se disposait à l'arrêter. Jean lui raconta tous ses malheurs, il ne songeait qu'à se venger d'une façon violente, mais le prudent Max parvint enfin à l'apaiser en lui promettant de lui faire donner satisfaction de telle manière qu'il serait content.

Ici Willibald s'arrêta.

— Eh bien ?

— Et bien ?

— Et après?

— Une noce de tailleur !.

— Des amours de petites gens ?

— Que signifie tout cela ?

Ainsi, s'écriait-on de tous côtés.

— Permettez-moi, dit Willibald, de remarquer, avec le célèbre Wéber-Zettel, qu'il est arrivé dans cette comédie de Jean et de Henriette, des choses qui n'arriveront plus jamais.

— Or, le secrétaire Max s'assit le lendemain à son bureau, prit une belle feuille de papier vélin, des pinceaux et de l'encre de la chine, et dessina, avec une grande vérité, un magnifique bouc. La physionomie de ce merveilleux animal aurait donné amples matières aux études d'un physionognomane. Une expression surnaturelle régnait dans ses yeux animés, bien que quelques convulsions semblassent se jouer sur sa bouche et la contracter. L'animal semblait tourmenté d'un mal cuisant. En effet, l'honnête quadrupède était oc-

cupé à mettre au monde une foule de
petits tailleurs, armés d'aiguilles et
de ciseaux, dont les groupes animés
déployaient une activité extrême. Sous
ce tableau étaient écrits des vers que
j'ai malheureusement oubliés.

— Allez, avec votre vilain bouc !
criaient les dames; parlez - nous de
Max !

—Ledit Max, reprit Willibald, donna
ce tableau à Jean, qui s'en alla le col-
ler adroitement à l'auberge des tailleurs, où il servit, pendant tout un
jour, d'amusement à la populace oi-
sive. Les enfans agitaient joyeusement
leurs bonnets, et dansaient autour de
chaque tailleur qui arrivait en lui chantant les vers de Max. — Personne autre que le secrétaire du conseiller-intime n'a pu faire ce tableau dirent les
peintres. Personne autre que l'écri-
vain du conseiller-intime n'a pu faire

xv.   16

ces vers, dirent les écrivains. Max,
généralement accusé, et ne pouvant
nier, se vit bientôt menacé d'un procès et d'un emprisonnement. Il courut alors, au désespoir, chez son protecteur, le général Rixendorf, car il
avait déjà visité tous les avocats, qui
avaient trouvé sa cause fort mauvaise.
Le général lui dit : —Tu as fait une sottise, mon cher enfant! les avocats ne
te sauveront pas; mais je le ferai, uni-
quement parce que j'ai trouvé ton tableau dessiné avec art et fort correc-
tement. Le bouc, comme personnage
principal, a de l'expression, et les
groupes de tailleurs qui tombent sur
le premier plan, forment des masses
riches et variées, quoique sans confu-
sion. Je suis aussi fort satisfait de la
manière dont se précipitent les tailleurs, qui tombent réellement, non
pas du ciel!... —Les dames se mirent

encore à murmurer, et l'homme à l'habit de drap d'or s'écria : —Mais, le procès de Max, mon cher ami?

— Cependant, ajouta le général, (ainsi, continua Willibald), cependant l'idée de ce tableau, ne t'appartient pas, mais elle est fort ancienne ; heureusement, car c'est justement là ce qui te sauve.—A ces mots, le général chercha dans un vieux pupitre et en tira un sac à tabac, sur lequel se trouvait brodée toute l'idée du jeune Max.

Les jurisconsultes qui se trouvaient dans le salon se mirent à rire; mais le conseiller Foerd, qui venait d'entrer, leur dit : — Il nia *l'animum injuriandi*, le dessein d'injurier, et fut acquitté.

Willibald reprit : — Max se contenta de dire à ses juges : Je ne saurais nier que ce tableau ne soit mon ouvrage, mais je l'ai fait sans avoir la pensée d'offenser l'honorable corporation des tailleurs, car je l'ai copié d'après un dessin original qui appartient à mon digne maître, le général Rixendorf, et que voici, à quelques changemens près que je me suis permis. Max fut donc acquitté, et vous avez entendu les remerciemens qu'il est venu faire à son protecteur.

On trouva généralement que la chaleur de la reconnaissance du jeune Max n'était nullement proportionnée au léger motif qui l'avait dictée, et le conseiller Foerd dit d'une voix émue : — Ce jeune homme a une âme singulièrement impressionnable et le sentiment d'honneur le plus délicat qui se soit jamais rencontré. L'idée d'une punition corporelle l'accablait, et s'il eût été condamné, il eût infailliblement quitté G... pour toujours.

— Peut-être, dit Willibald, peut-être se trouve-t-il un autre motif sous jeu.

— Cela est vrai, dit le général qui venait d'entrer à son tour, et Dieu
veuille que tout cela s'arrange bientôt
au gré de ses désirs.

Clémentine trouva toute cette histoire fort grossière; Nanette n'en pensa
rien; mais Julie se montra d'une humeur fort satisfaite. Reutlinger vint
ranimer la société par sa danse. Les
théorbes soutenus par une paire de
castagnettes, des violons et des basses,
jouèrent une joyeuse sarabande. Les
personnes âgées se mirent à danser, et
les jeunes les regardèrent. L'homme
à l'habit de drap d'or se distingua surtout par ses bonds et par ses pas hardis,
et la soirée se passa fort agréablement.

CHAPITRE IV.

L𝐀 matinée du lendemain ne se passa pas moins bien; comme la veille, un bal et un concert devaient terminer la journée. Le général Rixendorf était déjà au piano; l'habit de drap

d'or s'était emparé d'un théorbe, la
conseillère Foerd tenait la partition;
l'on n'attendait plus que l'arrivée du
conseiller Reutlinger, lorsqu'on entendit des cris perçans dans le jardin,
et qu'on vit accourir les domestiques.
Bientôt quelques-uns d'entre eux ap-
portèrent le conseiller pâle et défiguré.

Le jardinier l'avait trouvé profondément évanoui, à quelques pas du
pavillon où se trouvait le cœur de
pierre.

Le général s'élança du piano pour
voler au secours de son ami, on lui fit
respirer des sels, on l'étendit sur le
sopha, et on lui frotta le front avec
de l'eau de Cologne.

Tout-à-coup, l'ambassadeur turc repoussa tout le monde en s'écriant :
— Amis ignorans, vous tuez un ami
bien portant! — A ces mots, il
ôta son turban qu'il jeta au loin dans

le jardin, et se débarrassa de sa pelisse. Puis il se mit à décrire avec sa
main, autour du conseiller, un cercle
qu'il rétrécit sans cesse, si bien qu'il
finit par lui toucher les tempes et le
sein. Puis, il approcha sa figure de la
sienne, et le conseiller ouvrant aussitôt les yeux, lui dit: — Exter, tu n'as
pas bien fait de me réveiller. — La
puissance inconnue m'a annoncé une
mort prochaine, et peut-être m'était-
il accordé de passer de ce sommeil à
la mort.

— Folies! rêves! s'écria Exter, regarde autour de toi, vois où tu es, et
sois gai comme il convient d'être.

Le conseiller s'aperçut alors seulement qu'il se trouvait dans le salon
d'assemblée. Il se leva vivement du ca-
napé, s'avança au milieu de la salle; et
dit en riant : — Je vous ai donné un fâcheux spectacle, mes honorables hôtes,

mais il n'a pas dépendu de moi d'empêcher que ces maladroits domestiques
m'aient apporté ici. Ne prolongeons
pas plus long-temps ce désagréable in-
termède et dansons !

La musique commença aussitôt,
mais dès les premières mesures du
menuet, le conseiller disparut de la
salle avec Exter et Rixendorf. Lorsqu'ils furent arrivés dans une chambre éloignée, Reutlinger se laisse tomber dans un grand fauteuil, et se ca-
chant le visage dans ses mains, il
s'écria d'une voix étouffée par la douleur : — O mes amis ! mes amis !

Exter et Rixendorf prièrent le conseiller de leur dire ce qui le tourmen-
tait si fort.

— Parle, mon vieil ami, dit le général. Tu as appris, Dieu sait comment,
quelque mauvaise aventure.

— Exter ! dit le conseiller d'une voix

sourde. C'en sera bientôt fait de nous.
Le hardi visionnaire n'aura pas frappé,
sans être puni, aux portes de l'éternité.
Une mort prochaine, affreuse peut-
être, m'est annoncée !

— Raconte-nous donc ce que tu as
vu, dit le général avec impatience. Je
parie que tout cela n'est qu'un effet
d'imagination ; toi et Exter, vous gâ-
tez votre vie par vos extravagances.

— Apprenez donc le motif de mon
effroi et de mon évanouissement ! dit
le conseiller en se levant de son fauteuil, et en s'avançant entre ses deux
amis : Vous étiez déjà tous assemblés
dans le salon, lorsque, poussé par je ne
sais quelle idée, il me prit fantaisie de
faire encore un tour dans le jardin. Mes
pas se dérigèrent involontairement vers
le petit bois. Là il me sembla que j'en-
tendais un bruit léger, une voix douce
et plaintive. Les sons semblaient venir

du pavillon. Je m'approche, la porte
est ouverte, et j'aperçois... Moi-même!
Moi-même, mais tel que j'étais il y a
trente ans, avec l'habit que je por-
tais dans ce jour mystérieux où je
voulais mettre fin à mes jours, lorsque Julie vint comme un ange de lu-
mière, sous son blanc costume de
fiancée, me détourner de cette
affreuse pensée. — C'était son jour
de noce. — Mon image était étendue sur le pavé devant le cœur, et
le frappait violemment en s'écriant :
Jamais, jamais tu ne pourras t'amo-
lir, cœur de pierre ! — Je restai pétrifié ! Un froid glacial, celui de la mort
parcourut toute mes veines. — Tout-à-
coup Julie, vêtue en blanc comme une
fiancée, dans tout l'éclat d'une brillante
jeunesse, sortit du milieu des arbres,
et étendit amoureusement les bras vers
moi.... Non, vers mon image.... vers

moi, moi jeune homme! Je tombai sans connaissance!

A ces mots, le conseiller se laissa encore tomber sans forces dans le fauteuil; mais Rixendorf saisit ses deux mains, les secoua avec force, et s'écria d'une voix retentissante : — C'est lui que tu as vu, lui, pas autre chose ? — Je ferai tirer le canon en signe de victoire ! — Tes idées de mort, ton apparition, ne sont rien, rien ! Je te secoue de tes mauvais rêves, afin que tu te réveilles et que tu vives encore longtemps sur terre.

A ces mots, Rixendorf s'échappa aussi rapidement que put le lui permettre son grand âge. Le conseiller avait sans doute entendu peu de chose des paroles du général, car il restait encore là les yeux fermés. Exter allait et venait à grands pas se frottant le front en disant : — Je parie que cet homme veut encore tout expliquer d'une façon naturelle ; mais il aura de la peine à en venir à bout ; n'est-ce pas, mon cher conseiller ? Nous nous entendons un peu en apparitions, nous autres !

— Je voudrais seulement avoir ma pelisse et mon turban.

A ces mots, il siffla avec un petit sifflet d'argent qu'il portait à sa ceinture, et aussitôt un des Maures de sa suite lui apporta sa pelisse et son turban. Bientôt après, vint la conseillère intime Foerd, suivie du conseiller et de leur fille Julie. Le conseiller Reutlinger se leva vivement, et retrouva un peu de calme dans les assurances qu'il donna de sa santé. Il pria qu'on voulût bien oublier toute cette petite histoire, et tout le monde se disposait à s'éloigner, lorsque Rixendorf entra précipitamment, en tenant par la main un jeune homme vêtu de l'ancien costume militaire. C'était Max, dont l'aspect fit pâlir le conseiller.

— Vois ton image, le Sosie de ton rêve! dit Rixendorf. C'est moi qui ai fait entrer ici mon excellent Max, et qui ai prié ton valet-de-chambre de lui donner un de tes anciens uniformes, pour qu'il pût figurer convenablement dans la société. C'est lui que tu trouvas agenouillé dans le pavillon.

—Oui, s'écria Max, j'étais à genoux devant ton cœur de pierre, moi que tu repoussas à cause d'une injuste vision, oncle cruel! Si le frère a commis des fautes envers son frère, ne les a-t-il pas dès long-temps expiées par sa misère et par sa mort! Ton neveu, orphelin, est aujourd'hui devant toi. Il porte ton nom, ses traits ressemblent aux tiens, comme un fils ressemble à son père. Il a lutté avec tous les orages qui frappèrent sa jeunesse.... mais.... laisse-toi toucher.... tends-lui une main bienfaisante, afin qu'il ait un appui lorsque l'adversité sera trop grande!

Le jeune Max s'était approché du conseiller, dans une attitude suppliante et les yeux baignés de larmes. Celui-ci était resté immobile, les yeux étincelans, la tête fièrement rejetée en arrière, muet et sombre; mais, lorsque le jeune homme voulut prendre sa main, il le repoussa des deux siennes, recula de deux pas, et s'écria d'une voix terrible : — Misérable! viens-tu m'assassiner! Fuis! fuis loin de mes yeux. Et toi aussi, Rixendorf, tu as pris part à ce complot! Fais qu'il s'éloigne, celui qui a juré ma perte, le fils du plus grand scé....

— Arrête! s'écria Max, dont les

yeux remplis de colère et de désespoir lançaient des éclairs. Arrête,
homme cruel, frère impitoyable ! Tu
as rendu à mon père faute pour faute,
injure pour injure ; et moi, insensé, qui croyais toucher ton cœur
glacé, couvrir, par ma tendresse,
l'indifférence de ton frère, qui mourut
pauvre, abandonné, mais au moins
sur le sein d'un fils qui cherchait à le
ranimer. — Max! sois vertueux ! recon-
cilie-moi le cœur du plus terrible frère!
Deviens son fils ! — Ce furent ses dernières paroles. Mais tu me rejettes
comme tu rejettes tout ce qui s'approche de toi avec amour et dévoue-
ment. Meurs donc seul et délaissé. Que
tes valets avides attendent ta mort
avec impatience, en se partageant tes
dépouilles avant que tes yeux soient
fermés. Au lieu des soupirs, des plaintes de ceux qui voulaient entourer ta

vie d'amour, puisses-tu n'entendre en expirant que les cris moqueurs des mercenaires, qui n'auront eu soin de toi qu'à prix d'or! Adieu, tu ne me reverras jamais!

Max voulut s'éloigner, mais Julie chancela, et le jeune homme, se retournant vivement, la reçut dans ses bras en s'écriant d'un ton douloureux: — Ah! Julie, Julie, tout espoir est perdu. La conseillère était restée immobile, tremblante de tous ses membres, pas une parole ne pouvait s'échapper de ses lèvres, mais Reutlinger, en voyant Julie dans les bras de Max, poussa des cris comme un insensé, s'avança vers lui, arracha la jeune fille de ses bras, et, l'élevant au-dessus de lui, il lui demanda: — Aimes-tu ce Max, Julie!

—Comme ma vie, répondit Julie avec force. Le poignard que vous avez plongé dans son sein a traversé le mien!

Le conseiller la laissa lentement retomber, et s'assit avec précaution dans son fauteuil; puis, il demeura quelques momens les deux mains appuyées sur son front. Un silence profond régnait autour de lui. Pas un des assistans ne fit un geste, un mouvement. Tout-à-coup, le conseiller tomba sur ses deux genoux. Son visage était couvert de rougeur, ses yeux remplis de larmes. Il leva les yeux au ciel, et dit solennellement: — Que ta volonté soit faite! O Julie, Julie! ô pauvre aveugle que je suis!

Le conseiller se couvrit le visage, on l'entendit pleurer. Cela dura quelques momens, il se releva, vint à Max, le pressa sur son cœur, et s'écria hors de lui: — Tu aimes Julie, tu es mon fils.

— Non tu es plus que cela, tu es moi,
moi-même.—Tout t'appartient. — Tu
es riche, très-riche. — Tu as une campagne. — Des maisons, de l'argent
comptant. — Laisse-moi rester auprès
de toi, tu me donneras le pain de la
charité dans mes vieux jours. — N'est-
ce pas, tu le feras? Ne m'aimes-tu pas?
— Il faut que tu m'aimes, puisque tu
es moi-même. — Ne redoute pas mon
cœur de pierre, presse - moi tendrement contre ton sein, les battemens
de ta poitrine réchaufferont la mienne.
— Max, mon fils, mon ami, mon bienfaiteur!

Il continua de parler de la sorte et
avec tant de chaleur qu'on craignait que
sa raison ne souffrît de ces expansions
outrées. Rixendorf parvint enfin à le
calmer, et le conseiller, un peu remis,
vit tout ce qu'il avait gagné en ce jeune

homme et s'aperçut avec attendrisse-
ment que la conseillère Foerd semblait
retrouver le souvenir d'un temps passé
dans l'union de sa Julie avec le neveu
de Reutlinger. Le conseiller intime
Foerd contemplait toute cette scène
avec satisfaction, et il parla d'avertir ses
autres filles de cet événement ; mais on
ne put les trouver nulle part. On avait
déjà vainement cherché Nanette parmi
les grands vases du Japon qui se trouvaient dans le vestibule, sous tous les
bancs, enfin on trouva la petite en-
dormie sous un rosier, et Clémentine dans une allée sombre avec le blond
jeune homme. Les deux sœurs pa-
rurent peu satisfaite du mariage de leur
cadette ; mais leur humeur se dissipa
au milieu des félicitations de la société.
On se disposait à passer dans le grand
salon, lorsque l'ambasseur Turc s'écria

tout-à-coup : — Eh quoi! vous allez
vous marier tout de suite. Marier ce
Max, ces enfans sans expérience. Vois
mon ami, ajouta-t-il en s'adressant à
Max, tu poses tes pieds en dedans, et
tu n'as pas l'usage du monde puisque
tout-à-l'heure tu tutoyais ton viel
oncle le conseiller aulique. Charles, il
faut voyager, vas à Constantinople.
Là tu apprendras tout ce qu'il faut savoir dans la vie, et tu reviendras épouser ma belle Julie. — Tout le monde
fut surpris de cette singulière proposition. Mais Exter prit à part le conseiller, tous deux se placèrent l'un devant l'autre, se mirent mutuellement
les mains sur les épaules et échangè-
rent quelques paroles arabes. Puis Reutlinger courut prendre la main de Max
et lui dit très-amicalement:—Mon cher
fils, mon bon Max, fais-moi le plaisir
d'aller à Constantinople. Cela durera

19

six mois au plus, et ensuite nous ferons
la noce.

En dépit de toutes les protestations
de la fiancée, Max fut obligé de partir
pour Constantinople, d'où il revint
après avoir vu les degrés de marbre sur
lesquels le chien marin apporta à Exter un enfant, et une infinité de choses
aussi remarquables, et alors il épousa
Julie. Je ne saurais dire quelle parure
avait la fiancée le jour de ses noces,
et combien d'enfans résultèrent de
cette union; j'ajouterai seulement que
le jour de la fête de la Vierge de l'année
180..., Max et Julie se trouvèrent age-
nouillés dans le pavillon près du cœur
de pierre. Leurs pleurs tombaient en
abondance sur le marbre qui recou-
vrait le cœur trop souvent déchiré de
leur vieil et excellent oncle. Max, non
pour imiter l'épitaphe de lord Horion,
mais parce que toute la vie du pauvre

oncle se trouvait exprimée dans ce peu de paroles, avait gravé de sa main ces mots sur la pierre; QU'IL REPOSE ENFIN!

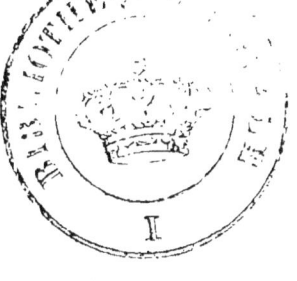

FIN DU TOME XV.

TABLE

DU QUINZIÈME VOLUME.

———◆※◆———

Maître Jean Wacht, le charpentier.   5
Le Cœur de pierre. 145

FIN DE LA TABLE.

www.ingramcontent.com/pod-product-compliance
Lightning Source LLC
Chambersburg PA
CBHW050358030726
47503CB00006B/1913